KB180142

고요한 현존

Words from Silence
by Leonard Jacobson

깨어남으로의 초대

고요한 현존

Words from Silence

레너드 제이콥슨 지음 | 김윤 옮김

침묵의 향기

▪ **일러두기**

굵은 글씨로 표기된 단어(예: **현존**)는 원문의 첫 글자가 대문자로 되어 있는 단어다(예: Presence). 이런 표기는 개별적인 존재가 아니라 상대가 없는 절대 존재임을 나타낸다. 예를 들어, 굵은 글씨로 된 **신**(God)은 상대가 있는 개별적인 신이 아니라, 유일한 절대 존재인 신을 나타낸다.

▪ 머리말

1981년, 내 삶의 길을 근본적으로 깊이 바꾼 일련의 신비한 깨어남이 처음 일어났습니다. 이 첫 번째 깨어남에서 나는 삶의 진실과 사랑에 깊이 열렸습니다. 가장 깊은 수준의 **현존**(現存)과 **하나임**을 경험했으며, 땅 위의 **천국**이 드러났습니다. 이때 신의 살아 있는 **현존**을 만났는데, 놀랍게도 신에게는 판단이라는 것이 전혀 없었습니다. 신은 허용하는 신이었으며, 내 존재 전체를 압도적인 느낌의 조건 없는 사랑과 받아들임으로 가득 채웠습니다. 내가 말하는 신은 종교와는 아무 관계가 없습니다. 나는 그저 지금 있는 모든 것의 중심에 있는 침묵의 **현존**으로서 신을 경험할 뿐입니다.

두 번째 깨어남은 3년쯤 뒤에 일어났는데, **그리스도 의식**으로의 깨어남이었습니다. 이때 예수에 관한 진실이 계시되었습니다. 1991년 1월에 경험한 세 번째 깨어남은 신 의식으로의 완전한 깨어남이었습니다. 나는 존재의 불가사의를 여행했습니다. 나는 바위가 되었고, 나무와 새, 하늘이 되었습니다. 그리고 처음부터 끝까지, 끝에서 처음까지 시간을 여행했습니다. 그 여행은 매우 신비로웠지만, 존재의 다른 영역과 차원들로 들어가는 과정이 뒤따랐기에 쉽지 않은 여정이었습니다. 그 뒤로 세 번의 깨어남이 더 있었습니다.

네 번째 깨어남에서는 사랑의 본성을, 세상에서 사랑으로 산다는 것이 무슨 뜻인지를 알게 되었습니다.

다섯 번째 깨어남은 1994년 여름에 뉴욕에서 일어났고, 이전의 모든 깨어남이 하나로 통합되었습니다. 마치 모든 것이 제자리를 찾으면서 내 안에서 가장 단순한 방식으로 통합되는 것 같았습니다.

이때 계시된 신비한 기하학적 형태들은 내게 신 의식과 인간에 관한 도해(圖解)를 제공했는데, 그것들은 후에 내 메시지를 정리하고 전달하는 데 귀중한 도움이 되었습니다.

이 깨어남을 경험한 뒤, 나는 이제 다 끝났고 내 여행을 끝마쳤다고 확신했습니다. 그래서 그런 일이 더 있으리라고는 기대하지 않았는데, 아무런 예고 없이 1997년 5월에 여섯 번째 깨어남이 일어났습니다. 이때 일어난 일은 내가 예상할 수 있는 모든 범위를 넘어서는 것이었습니다. 그것은 우리 존재의 신비로의 깊은 열림이었습니다. 나는 모든 것과 하나임을 느꼈습니다. 마치 하늘이 나의 모자이며 별들이 나의 친구인 것 같았습니다.

시간이 사라졌고, 내가 영원한 초월적 의식 상태로 깨어난 것이 분명했습니다. 이 깨어남이 자리 잡고 내 안에서 통합되는 데 얼마간 시간이 걸렸습니다.

나는 몇 권의 책을 썼는데, 이 책들이 괴롭고 좁은 과거에서 해방될 준비가 된 사람들, 지금 이 순간으로 깨어나 삶을 변화시킬 준

비가 된 사람들에게 도움이 될 것이라고 믿습니다.

첫 번째 책은 《고요한 현존(Words from Silence)》입니다. 이 책에는 첫 번째 깨어남의 시기에 드러난 지혜 중 많은 부분이 담겨 있습니다. 《현존 명상(Embracing the Present)》은 두 번째 책입니다. 이 책은 앞의 책에서 이어지며, 깨어남의 길을 걷는 사람들을 위한 상세한 안내가 담겨 있습니다. 이 책이 중점을 두는 것은 지금 이 순간으로 완전히 깨어나는 방법과 일상생활을 하면서도 계속 깨어 있는 방법입니다.

《모든 것은 하나다(Bridging Heaven & Earth)》는 이 시리즈의 세 번째 책입니다. 신비적 내용이 포함된 이 책은 3부작을 완성합니다. 이 책에는 예수에 관한 진실을 포함하여, 두 번째와 세 번째 깨어남의 기간에 계시된 것들 가운데 많은 부분이 담겨 있습니다.

2007년에 《지금 여기에 현존하라(Journey into Now)》가 출간되었습니다. 이 책은 나의 가르침을 묶은 종합 안내서입니다. 진지하게 깨어나고자 하는 사람들이라면 결국 묻게 되는 질문들에 대한 대답을 제공합니다.

이후 나는 《빛을 찾아서(In Search of the Light)》라는 어린이 그림책을 출간했는데, 이탈리아 플로렌스에 사는 피암메타 도지가 아름답게 그림을 그려 주었습니다.

이제 이 책들을 내 모든 사랑으로 여러분과 나누고 싶습니다. 나는 이 책들이 읽기로 예정된 사람들의 손에 전해질 것임을 믿습니다. 이 점에 관해서는 신의 의지에 완전히 내맡깁니다.

현존은 삶의 모든 면을 향상시킵니다. 우리에게 힘을 주고, 과거의 고통과 제한에서, 미래에 관한 걱정에서 우리를 해방시킵니다. 근본적으로 현존할 때 우리는 판단과 두려움, 욕망 없이 살아갑니다.

나는 열린 마음으로 이 책을 읽도록 당신을 초대합니다.

이제 마음의 속박에서 깨어날 때입니다. 환상에서 깨어날 때입니다. 당신 안에 존재하는 진실, 그러나 더욱더 현존할 때만 알아볼 수 있는 진실을 껴안을 때입니다. 오직 진실만을 추구하십시오. 진실이 당신을 자유롭게 할 것입니다.

▪ 지은이의 말

《고요한 현존》이 출간된 지 25년이 지났고, 내가 처음 그 책을 쓴 지는 30년이 넘었습니다. 세월이 흐르면서 내 가르침이 발전했으므로 나는 이 책을 갱신하는 것이 적절할 것이라고 느꼈습니다. 이 개정판은 초판의 내용이 대부분 담겼지만, 책의 흐름을 개선하기 위해 일부 내용을 추가했습니다.

나의 말들은 당신의 마음, 즉 당신의 이해하는 부분을 향하지 않습니다. 진실은 이해 너머에 있으며, 그것은 당신 존재의 중심에 있는 침묵에서 떠오릅니다. 진실은 우리가 현존할 때 누구나 동등하게 알아볼 수 있습니다. 책의 지면을 통해서든, 내 공부 모임, 수련회, 세미나를 통해서든 나는 언제나, 진실을 아는 당신의 깨어난 차원에게 말합니다. 이 책은 당신이 더욱더 현존하도록 장려하고 돕고 고취하기 위한 것입니다. 나중에 당신은 내가 하는 말을 직접 경험으로 알게 될 것입니다.

이 책을 읽는 가장 좋은 방법은 처음부터 끝까지 한 번 다 읽고 나서, 때때로 무작위로 들춰 보는 것입니다. 이 책에 담긴 글에는 힘이 있습니다. 이 글은 당신이 깨어나도록 영감을 불어넣을 수 있으며, 이미 길 위에 있는 사람에게는 안내자의 역할을 할 수 있습니다.

어떤 말은 명상이 필요합니다. 그런 말들은 선불교의 공안(公案)과 같아서 의미가 늘 분명하지는 않을 것입니다. 어떤 말은 당신을 화나게 할 수도 있고 기분 나쁘게 할 수도 있습니다.

당신이 이 책에서 무엇을 얻을 것인지는 가슴을 열어 가장 소중한 믿음들이 기꺼이 도전받도록 허용하겠다는 의지에 상당 부분 달려 있습니다.

지금 세계는 중요한 단계에 있습니다. 사람들이 의식 안에서 진보할 수 있는 기회는 지금 존재합니다. 그것은 마치 신이 우리 각자를 위대한 깨어남에 동참하도록 초대하는 것과 같습니다. 이 책은 그 초대의 일부입니다.

고요한 현존

나는 마법사이며 현자, 탐험가다.
나는 재판관이며 궁중의 어릿광대,
천진한 어린아이이다.
나는 독수리며 늑대다.
나는 빛이다.
오직 천진한 어린아이만이
빛을 볼 수 있으리.

• • •

당신에게 바라보는 법은
알려 줄 수 있지만
알아보는 법은 알려 줄 수 없다.
천진한 어린아이의 눈으로 볼 수 있으니.

과거를 생각할 때
무의식 수준에서 당신은 꿈속에 있으며,
자신이 경험하는 것이 실제로 있다고 믿는다.
지금 이 순간으로 완전히 깨어날 때만
당신은 실제로 있는 것을 경험할 것이다.

• • •

깨어나라!
그리고 자신이 누구인지 발견하라.

• • •

깨어나는 것과
깨어 있는 것은 별개의 일이다.

깨어날 때

깨어날 때 당신은
마음의 수준에서 일어나는 모든 일이
본질상 환상임을 알게 되고,
그래서 더는 그것을 삶의 진실이라 믿지 않는다.
그것은 때로는 행복하고 때로는 슬프다.
그것은 이원성의 세계이기 때문이다.
당신은 편안히 이완하면서
마음의 세계, 시간 속에서 경험하는 세계의
이원적 성질을 받아들인다.
그러면 이원성 안에서 균형이 이루어져
하나임*으로 가는 입구가 열릴 것이다.

* Oneness. 모든 것이 하나이며 전체인 진실.— 옮긴이

당신의 존재 목적은
현존*과 **하나임**에 열린 뒤
자기 자신을 독특한 존재로서
진실하게 완전히 표현하는 것이다.

• • •

당신은 미래의 어느 때에 깨달을 수 없다.
오직 지금 깨달을 수 있다.

---

* 現存. Presence. 굵은 글씨로 표기된 '**현존**(Presence)'은 늘 지금 여기에 있는 실재를 가리킨다. '**현존**'만이 실재한다. 동사 또는 동사의 명사형 '현존(present)'은 지금 여기에 있다는 뜻이다. 현존하라 = 지금 여기에 있어라.— 옮긴이

진실은 모든 사람 안에 늘 있으며
누구나 동등하게 알아볼 수 있다.
진실은 우리가 완전히 현존하고
마음이 침묵할 때 떠오른다.

• • •

깨어남은 챔피언들을 위한 여행이다.
그것은 늘 편안하기만 한 여행이 아니다.
그것은 자기 자신을 모든 수준에서 만나는 여행이다.
그것은 무의식 속에 묻혀 있던 자기의 모든 면을
드러내고 알아차리는 여행이다.
예수가 말했듯이,
"감추어진 것은 모두 드러날 것이다."

참으로 현존할 때 우리는
저마다 자기의 분리된 세계에서 나와
하나의 세계로 들어온다.
우리가 **하나임** 안에서 참으로 만나 함께하는 것은
현존과 침묵 안에서다.

• • •

지금 이 순간 완전히 현존한다면
적어도 이 순간
당신은 깨어난 존재다.

미래는
과거의 투사(投射)*일 뿐이다.

• • •

과거가 없다면
어떻게 미래를 만들어 낼 수 있겠는가?

• • •

과거를 미화하면
과거를 되풀이하게 된다.

* projection. 영사기가 필름의 영상을 스크린에 투사하듯이 과거의 심상(心象)을 미래로 투사한다.—옮긴이

과거를 돌아봄은
미래를 생각함과 같다.
아무것도 없다.
지금 말고는.

•　•　•

당신은 묻는다.
"나는 무엇을 원하는가?"
그런데 당신이 원하는 것은
흐름에 따라 늘 변한다.
그러니 흐름에 맡겨라.

노인과 강

어느 노인이 강변을 걷고 있었다.
노인은 생각에 잠겨 한 가지 질문을 되풀이하고 있었다.
"내가 원하는 게 뭐지?
내가 원하는 게 뭐지?
내가 원하는 게 뭐지?"
노인은 자기가 원하는 게 뭔지를 잊어버렸던 것이다.
노인은 생각에 깊이 빠진 나머지
곁에서 흐르는 강물의 아름다움을 알아차리지 못했고,
어깨 위에서 너울너울 춤추는
나비도 보지 못했다.
노인은 강이 굽이도는 곳에 이르렀는데
두 사람이 거기에 조용히 앉아 있었다.
한 사람은 현자의 옷차림을 하고 있었고
다른 사람은 마법사의 옷차림을 하고 있었다.
자리에서 일어난 현자는 두 팔 벌려 노인을 맞았다.
"무슨 문제가 있나 보군요, 노인 양반." 현자가 말했다.

노인과 강…

"저는 오랜 세월 떠돌아다녔습니다."
노인이 한숨지었다.
"이젠 지쳤습니다. 여태 제가 원하는 게 뭔지를
찾아다녔지만 아직도 답을 찾지 못했습니다."
"제 친구인 마법사가 도와드릴 수 있을 것 같군요."
현자가 말했다. 노인이 고개를 돌려 마법사를
바라보니 그는 가부좌를 하고서 눈을 감고
고요히 앉아 있었다.
"저분이 어떻게 저를 도울 수 있겠습니까?"
현자가 답했다. "답을 찾으려면
먼저 올바른 질문이 있어야 합니다.
마법사는 올바른 질문을 얻기 위해
강물 소리에 귀 기울이고 있는 겁니다."
"오래 걸릴까요?"
노인이 조바심을 내며 물었다.
현자는 염려스러웠다.
"조급해하면 안 됩니다."

노인과 강…

"기다리는 동안 전념해야 합니다.
주위에 있는 모든 것에 주의를 기울이세요.
강물이 흐르는 소리, 새들이 지저귀는 소리에
귀 기울여 보세요.
강물의 흐름을 느껴 보세요.
하늘 향해 높이 솟은 나무들,
꽃들, 바위들을 바라보세요.
고요히 있으면서 심장 박동 소리에 귀를 기울이세요.
그리고 기다리세요."
그래서 노인은 기다리고 또 기다렸다.
노인은 주위의 모든 것과
내면의 모든 것에 주의를 기울였다.
갑자기 마법사가 몸을 조금 움직이더니 입을 열었다.
"당신의 질문을 알고 있습니다."
그러나 노인은 움직이지 않았다.
"당신의 질문을 알고 있습니다." 마법사가 다시 말하자,
노인은 마법사의 말을 들으려 몸을 돌렸다.

노인과 강…

"그 질문은…" 말을 멈춘 마법사는
잠시 뒤 말을 이었다. "나는 무엇을 원하는가!"
"그것은 이제껏 제가 해 온 질문입니다."
노인이 말했다.
"지금 다시 물어보시죠." 현자가 말했다.
"저는 이미 답을 알고 있습니다."
노인이 답했다. "저는 아무것도 원하지 않습니다."
"당신은 아무것도 원하지 않습니다."
현자가 노인의 말을 되풀이했다. 즐거운 표정으로….
"그래요." 노인이 말했다.
"기다리면서 알게 되었습니다.
이미 제게 모든 것이 있다는 것을!
단지 주의를 기울이지 않았을 뿐입니다."
노인은 현자, 마법사와 함께 강가에 앉았다.
그리고 그들은 기다렸다.
자기가 원하는 것이 뭔지를 잊어버린 채
방황하다 찾아올 누군가를….

말을 하면 들음이 중단된다.

• • •

말은 다리를 놓는 데 도움이 될 수 있다.
다리를 건너면 말을 버려라.

• • •

답을 찾는 것보다
훨씬 현명한 것은
질문을 찾는 것이다.
자기에게 모든 답이 있다고 생각될 때는
질문이 더는 남아 있지 않다는 뜻이다.

• • •

답을 찾으려 하지 말라.
답이 당신을 찾게 하라.

조화

지휘자가 손짓으로
교향악단을 지휘하듯이
당신은 우주와 조화를 이루도록
자기를 지휘할 수 있다.
조화에 귀를 기울여라.
부드러운 리듬의 걸음은
조화를 이루는 데 도움이 된다.

시간과 공간은
마음의 환상이다.
유일한 시간은 지금.
유일한 장소는 여기.

·　·　·

나는 공간 너머의 차원에 산다. 여기.
나는 시간 너머의 차원에 산다. 지금.

·　·　·

이전에 일어난 모든 일도
앞으로 일어날 모든 일도
지금 일어난다.

순간순간 당신에게는 선택권이 있다.
지금 여기에 실제로 있는 것과 함께 현존할 것인가,
아니면 생각을 따라
마음의 과거와 미래 세계로 들어갈 것인가?

• • •

현존하는 데에 전념하면
현존이 자연스러운 상태가 되는 때가 올 것이다.
지금 이 순간은 당신의 집이 된다.
당신은 가끔 마음의 세계로 들어가 잠시 여행하겠지만,
길을 잃을 만큼 마음속으로
너무 깊이 들어가지는 않을 것이다.

선과 악의 너머에 어둠이 존재한다.
단지 빛의 부재로서….

·　·　·

사실, 당신은 지금 여기 아닌 다른 곳에 있을 수 없다.
지금 여기 아닌 다른 곳에 있는 경험은 환상이며,
그 환상은 당신이 마음의 과거와 미래 세계로 들어가,
거기에서 펼쳐지는 이야기와 동일시할 때 만들어진다.

깨어 있는 사람은
모르는 상태로 살지만
앎은 언제나 이용할 수 있다.
앎이 떠오를 때 그것을 마음으로 가져가
지식으로 바꾸지 말고,
그저 모름으로 돌아오라.
그러면 앎으로 들어가는 입구가 늘 열려 있게 된다.

• • •

깨어 있는 사람은
대개 지금 이 순간을 산다.
지금 이 순간은 언제나 삶의 진실로 인식되며,
마음속으로 들어가
시간의 세계에서 활동할 때도 그렇다.

유일한 출구는 안에 있다.

· · ·

그들이 아니다. 당신이다.
그곳이 아니다. 여기다.
그때가 아니다. 지금이다.

· · ·

지금 있는 것은 있다.
지금 없는 것은 없다.
지금 없는 것에 관심이 쏠려
지금 있는 것을 놓친다.

자기를 돕고, 다른 사람을 사랑하라.
자기를 사랑하고, 다른 사람을 도와라.

• • •

사실, 당신은 사랑, 받아들임, 자비이며
하나임의 깨달음 안에서 살고 있다.
당신은 내면에서 힘을 얻는다.
당신은 영원한 존재다.
이는 현존할 때 참된 당신의 진실이다.
하지만 아무도 정말로 현존하지는 않는 세계에 살면서
시간과 분리를 통과하는 이 긴 여행을 거치는 동안
당신은 어떤 사람이 되었는가?

깨어나려면
자신이 아직 완전히 깨어 있지 않다는 사실을
기꺼이 받아들여야 한다.

• • •

당신의 삶에서 일어나는 모든 일은
깨어남을 위한 기회다.
예외는 없다!

자유 의지

선택할 능력은
자유 의지의 핵심이다.
그런데 삶의 모든 면에 영향을 미칠
근본적인 선택이 있다.
당신은 어떤 세계에 살기를 선택하는가?
지금 이 순간의 세계인가,
아니면 마음의 과거와 미래 세계인가?
앞의 선택은 진실로 인도하고,
뒤의 선택은 어둠으로 인도한다.

천국의 문

찾을 수 없는 것을 찾고 있던 남자가 돌연 천국의 문에 다다랐다.
"들어가고 싶습니다." 남자가 말했다.
"그럼 내일 다시 오게!"
문지기가 말했다.
남자는 다음 날 다시 왔다.
"들어가고 싶습니다." 남자가 다시 말했다.
"그럼 내일 다시 오게!"
문지기가 대답했다.
그래서 남자는 오랜 세월
매일 다시 찾아왔는데, 날마다 똑같았다.
남자가 "들어가고 싶습니다."라고 말하면
문지기는 "그럼 내일 다시 오게!"라고 대답했다.
마침내 남자는 더이상 참을 수가 없었다.
"저는 오랫동안 들어가기를 원했습니다." 그리고 말했다.
"하지만 이제 더는 들어가고 싶지 않습니다.
원하는 마음이 사라졌습니다."
"잘됐군! 그럼 내일 다시 올 필요가 없지!"
이렇게 말한 뒤 문지기는 남자를
천국의 문 안으로 인도했다.

지옥의 문

찾을 수 없는 것을 찾고 있던 남자가 돌연 지옥의 문에 다다랐다.
남자가 막 들어가려 할 때 늙은 마법사가 그를 제지했다.
"자네는 무기가 없구먼." 마법사가 말했다.
"이 검을 받게. 안에 있는 악의 세력에게서 보호해 줄 걸세."
"무기는 필요 없습니다." 남자가 말했다.
"악한 무리의 존재를 믿지 않으니까요."
"오직 전사만이 지옥의 문으로 들어갈 수 있다네."
칼집에서 천천히 칼을 뽑으며 마법사가 말했다.
이때 갑자기 마법사의 앞에 무시무시한 악마가 나타났다.
"검의 힘을 보라!" 이렇게 외치고서
마법사는 단칼에 악마를 죽였다.
"이제 검을 갖겠나?" 마법사가 물었다.
남자는 고개를 저었다.
"자네는 장님인가?" 마법사가 물었다.
"이 검이 악마를 죽이는 것을 보지 못했나?"
"당신은 장님입니까?" 남자가 물었다.
"이 검으로 악마가 창조되는 것을 보지 못했습니까?"
그러고는 마법사를 지나쳐 지옥의 문으로 들어갔다.
마치 지옥이란 사람들의 마음속에만 존재하는
환상에 불과하다는 듯이.

나는 거울이다.

· · ·

당신이 내게서 보는 것은 당신 자신이다.

가장 중요한 질문…
"나는 누구인가?"

·　·　·

이 질문을 하는 법을
정말로 안다면,
질문은 사라지고
거기에 답이 있을 것이다.

당신은
존재의 눈이며 귀다.

• • •

당신은 자기의 소리를 듣고 있는 강물이다.
당신은 자기 잎들의 색깔을 보고 있는 한 그루 나무다.
당신은 자기의 향기를 맡고 있는 한 송이 꽃이다.

• • •

깨어나라!
그리고 자신이 누구인지 발견하라.

참된 거울

자신이 누구인지 알고 싶다면,
참된 거울을 들여다보라.
꽃은 당신의 아름다움을 비추어 줄 것이다.
하늘은 당신의 드넓음을 비추어 줄 것이다.
바다는 당신의 깊음을 비추어 줄 것이다.
어린아이는 당신의 천진함을 비추어 줄 것이다.
그러나 만약 무의식적인 인간들이라는 거울을
들여다본다면, 당신은 잘못된 거울을 들여다보고 있다.
그런 거울들에 비친 당신의 모습은
그들의 투사로 인해 왜곡될 것이다.

신의 얼굴

수많은 생애 동안 신의 문을 찾아온 남자가
마침내 그 문에 도착했다.
그는 문을 두 번 두드리고 기다렸다.
몇 분이 지난 뒤 늙수그레한 집사가 문을 열었다.
"신의 얼굴을 보러 왔습니다." 남자가 말했다.
"무슨 소용이 있겠소?" 집사가 말했다.
"수많은 생애 동안 당신은 신의 얼굴을 보았소.
당신은 신의 눈을 수없이 들여다보았소.
그러나 단 한 번도 신을 알아보지 못했잖소!"
"제발 신을 보게 해 주십시오." 남자가 애원했다.
"이게 제 마지막 기회입니다."
"좋소." 집사가 대답했다.
"단, 당신이 보게 될 얼굴을
신의 얼굴로 인정하겠다고 약속해야 하오."
"약속합니다!" 남자가 진심으로 말했다.
"그럼 나를 따라오시오." 집사가 말했다.
남자는 집사를 따라 어두운 복도를 걸어갔다.
그들이 들고 있는 램프에서 불빛이 깜박거렸다.
마침내 그들은 어떤 방에 도착했다.

신의 얼굴…

그들이 들어갔을 때 남자는 어둠 속에
조용히 앉아 있는 어슴푸레한 사람의 형체를 보았다.
그는 조심스럽게 앞으로 나아갔다.
램프의 불빛이 신의 얼굴에 비쳤다.
"이럴 수가!" 남자가 말했다.
"이건 속임수가 분명해!"
거울을 들여다보듯이 남자는
자기의 얼굴을 보고 있었기 때문이다.
"아까 한 약속을 기억하시오!" 집사가 말했다.
"이게 만약 신의 얼굴이라면…"
남자가 외쳤다. "저는 신입니다!"
그러자 앞에 있던 얼굴이 서서히 사라졌다.
"나는 사라졌고, 이제 나는 신이다."
남자가 혼잣말을 한 뒤, 자신이 신임을
집사에게 말하려고 뒤돌아보았는데,
그는 집사의 얼굴에서 신의 얼굴을 보았다.
'집사는 신이다.' 그는 속으로 생각했다.
'이해할 수가 없군.'
"이해하려 하지 마시오." 집사가 말했다.
"밖에 나가서 신의 얼굴이나 구경하시오."

당신 자신인 현존

당신 자신인 현존은
바깥으로 퍼져 나가
모든 꽃, 나무, 산을,
멀리 있는 모든 별을 만진다.
그것은 안으로도 퍼져 나가
당신 몸의 모든 세포를 어루만진다.
또한 시간을 거슬러 퍼져 나가
한때 당신이었던 아이를
보듬고 위로하고 치유한다.
심지어 앞으로도 퍼져 나가,
당신의 미래에 영향을 미치고 변화시킨다.

운명

하나임으로 완전히 깨어나는 것은
모든 사람의 운명이다.
붓다 혹은 그리스도로 깨어나
이 땅 위에서 사랑, 받아들임, 자비로
존재하는 것은 모든 사람의 운명이다.
당신의 운명은 피할 수 없다.
그것은 도토리에서 참나무가 나오듯이
불가피한 일이다.

불교인이 되지 말라.
붓다가 되라.
기독교인이 되지 말라.
그리스도가 되라.

• • •

당신이 완전히 현존하여
지금 여기에 있는 모든 것에서
신의 살아 있는 현존을 경험할 때,
당신은 그리스도 의식 안에서 깨어 있다.
그리스도 의식 안에서
당신은 신과 하나인 자기 자신을 경험한다.
신 의식 안에서
당신은 사라지고, 오직 신만 있다.

신은

신은 실재한다.
신은 지금 여기에 있다.
신은 드러난 지금 이 순간이다.
대부분 우리는 마음의 과거와 미래 세계에 빠져 있다.
지금 여기에 있는 모든 것에서
신의 살아 있는 현존을 경험하려면,
신이 있는 곳으로 나와야 할 것이다.
완전히 현존해야 할 것이다.
그러지 않으면 신을 믿거나 믿지 않을 수밖에 없는데,
둘 다 진실이 아니다.
진실은 믿음의 너머에 있으니!

신을 직접 경험하기

지금 이 순간의 진실과 실재에
더 깊이 뿌리내릴 때
당신은 신을 직접 경험하게 될 것이다.
그것은 묘사되거나 규정될 수 있는 경험이 아니다.
신은 그저 경험될 수 있을 뿐이며,
신을 경험할 때, 당신은 신을 알게 될 것이다.

신의 몸

물질적 형태로 있는 모든 것은 신의 몸이다.
신의 몸과 함께 현존하면,
지금 여기에 있는 모든 것에서
신의 살아 있는 현존을 경험하기 시작할 것이다.

지금 이 순간은
생각에 전혀 관여하지 않는다.
생각할 때마다
당신은 늘 과거의 어떤 것이나
미래의 어떤 것을 생각하고 있을 것이다.

• • •

당신이 지금 이 순간 안에서
지내는 시간은 거의 없다.
현실은 오직 지금 이 순간에만 존재한다.
그러므로 당신이 현실 안에서
지내는 시간은 거의 없다.

과거를 생각할 때
무의식 수준에서 당신은 꿈속에 있으며,
자신이 경험하는 것이 실제로 있다고 믿는다.
지금 이 순간으로 완전히 깨어날 때만
실제로 있는 것을 경험할 것이다.

• • •

꿈을 포기하면
악몽도 포기하게 된다.

풍요로움

마음의 과거와 미래 세계에서
지금의 깨어 있는 세계로 옮겨갈 때,
당신은 자기를 완전히 새로운 방식으로
경험하기 시작할 것이다.
과거의 아픔과 제한에서 해방되고
미래에 관한 근심에서 해방될 것이다.
순간순간 늘 현존하는 풍요로움을
경험하기 시작할 것이다.

현존으로 깨어난다는 것은
마음에서 깨어났다는 뜻이다.
당신은 과거와 미래에서 깨어났다.
환상과 분리에서 깨어나 이제 현존한다.
당신은 지금 여기의 현실 안에 있다.
당신은 완전히 의식하는 존재다.
당신은 천진하고 열려 있고 받아들이며 신뢰한다.
당신은 침묵에 자리 잡고 있다.

• • •

지금 이 순간으로 완전히 열릴 때
당신은 안전하다고 느낄 것이다.
모든 것과 연결되어 있다고 느낄 것이다.
현존의 가장 깊은 수준들에서
당신은 하나임을 경험할 것이다.
현존의 가장 깊은 수준들에서
땅 위의 천국이 드러난다.

현존을 선택하기

현존을 더 많이 선택할수록
지금 이 순간의 진실과 현실에
더 많이 자리 잡을 것이다.
지금 이 순간의 진실과 현실에
더 많이 자리 잡을수록
그런 평범한 순간들에
성스러움과 신성함을
더 많이 경험할 것이다.

신을 알려거든
신에 대한 믿음을 포기해야 할 것이다.

• • •

나는 신의 자명종들 가운데 하나다.
이제는 깨어나야 할 때다.

• • •

신과 함께하는 유일한 길은
완전한 침묵 속에 있다.

• • •

당신이 신에게 드려야 하는 선물은
현존이라는 선물뿐이다.
아낌없이 드려라.

현존하는 것이 얼마나 간단한 일인지를
알아차리는 것이 꼭 필요하다.
지금 이 순간은
늘 여기에 있으며 당신을 기다린다.
지금 이 순간은
당신이 생각의 세계에 빠지는 대신
지금 여기에 있는 것과 함께 현존하도록
끊임없이 초대한다.

• • •

현존하는 데에 전념하면
현존이 자연스러운 상태가 되는 때가 올 것이다.
지금 이 순간은 당신의 집이 된다.
당신은 가끔 마음의 세계로 들어가 잠시 여행하겠지만,
길을 잃을 만큼 마음속으로
너무 깊이 들어가지는 않을 것이다.

모든 나무에서 흔들리는 나뭇잎 하나하나는
손짓하며 당신을 부르고 있다.
나뭇잎은 말한다.
"나 여기 있어. 나와 함께 현존하지 않겠니?"
꽃 하나하나는 당신을 부르고 있다.
꽃은 말한다.
"나 여기 있어.
내가 나를 얼마나 아름답게 꾸몄는지 보렴.
너는 내가 누구인지 모르니?
나는 꽃의 모습으로 있는 신이란다.
나는 너의 관심을 끌려 하고 있어."

• • •

지금 이 순간은
영원으로 가는 입구다.
그 입구에 충분히 오래 서 있으면
당신을 맞으러 신이 나올 것이다.

현존의 수준에서
당신은 이미 완전하며 온전하다.
그러니 그렇게 되도록
성장하거나 자기를 고칠 필요가 없다.
그저 현존에 관심을 기울이기만 하면 된다.
깨어나기만 하면 된다.

• • •

참된 깨어남에는 자기의 모든 면을
사랑과 받아들임으로 껴안는 과정이 포함된다.
그동안 부정하고 숨기거나 고치려고 한
자기의 모든 면까지….
이런 것들을 부정하면 그것들을 판단하는 것이며,
판단은 당신을 분리의 감옥에 계속 가두어 놓을 것이다.

현존의 수준으로 깨어나는 것은
계속 진행되는 과정이다.
깨어남은
때로는 갑작스럽고 심오할 수 있지만
대개는 시간이 지나면서 일어나는 부드러운 과정이다.

· · ·

마음의 성질을 정말로 이해하면
당신은 깨어나기 시작할 것이다.
자기의 집을 하인이 차지한 것을 알고서도
계속 잠이나 자고 있을 주인은 없다.

환상 속에서 길을 잃음

마음의 세계에서 일어나는 모든 일은
기억된 과거나 상상된 미래의 일이다.
그중 단 하나도 지금 일어나고 있지 않다.
만약 그중 어떤 것과 동일시한다면,
당신은 마음의 세계에 빠져버릴 것이다.
환상 속에서 길을 잃을 것이다.

깨어남의 길은
참된 자기가 되는 길이 아니다.
참된 자기 아닌 것이
되지 않는 길이다.

• • •

깨어나려면, 모든 수준에서
자기 자신을 만나야 한다.
뒤집어 보지 않은 돌멩이는
하나도 남아 있지 않게 하라!

깨어남

깨어날 때 당신은 하나의 의식 수준을 넘어
다른 의식 수준으로 들어간다.
의식에는 세 가지 수준이 있다.
첫째는 마음의 수준이다.
마음의 수준에서는, 삶의 경험이 언제나
마음을 통해 여과되며 믿음들에 지배당한다.
당신이 마음속에 있을 때는
과거와 미래에 초점이 맞추어져 있고,
과거와 미래는 지금 이 순간으로 끊임없이 투사된다.
지금 이 순간의 현실은 진정으로 경험되지 않으며,
마음이 투사하는 환상들이 현실로 오인된다.
당신은 문제들을 해결하고 한계들을 극복하거나
상처들을 치유하려 애쓰며 평생을 보내지만,
그것들은 과거의 일부이며,
지금 이 순간의 현실에는 존재하지 않는다.
마음의 수준에서 사는 삶은 마야(Maya)의 세계다.
그것은 환상의 세계다.

깨어남…

의식의 둘째 수준은 **현존**의 수준이다.
이 의식 수준은 당신이 더 완전히 현존할 때
당신 안에서 열린다.
당신은 지금 여기에 초점이 맞추어져 있으며
지금 이 순간의 진실과 현실을 경험한다.
당신은 과거의 속박에서 풀려났다.
당신은 미래를 걱정하지 않는다.
당신은 더는 환상에 빠져 있지 않다.
삶은 자유와 기쁨 속에서 살아진다.
당신은 침묵에 자리 잡았다.

의식의 셋째 수준은 **영원**의 수준이다.
그것은 규정할 수 없다. 오직 경험될 수 있을 뿐이다.
그것은 **현존**의 더 깊은 수준에서 열리며,
은총으로 활짝 열린다.
이 의식 수준에서는 시간이 없다.
모든 것은 완벽한 질서와 조화를 이룬다.
당신은 완벽한 침묵의 상태에 있다.
당신은 **신**, **영원**, **하나임**을 경험한다.
당신은 지금이라는 세계의 집에 있다.

마음에서 현존으로,
현존에서 영원으로

마음의 과거와 미래 세계에서
지금 이 순간으로 깨어나는 것은 당신의 책임이다.
아무도 당신 대신 그렇게 해 줄 수 없다.
길을 알면 이 일은 어렵지 않다.
당신에게 그 길을 보여 줄 수는 있지만,
당신 대신 내가 그 길을 걸을 수는 없다.
만약 성실하고 정직하고 진실하며
온 마음으로 행한다면, 온전히 전념한다면,
과거와 미래에서 지금 이 순간으로 깨어날 것이다.
그것은 당신의 타고난 권리다. 당신의 운명이다.
당신은 이번 생애에서 할 일을 다 마칠 것이다.
그러나 현존의 수준에서 영원으로 깨어나는 것은 다른 문제다.

마음에서 현존으로,
현존에서 영원으로…

당신이 더 깊이 현존할 때
영원이 스스로 열리며 드러난다.
당신이 지금 이 순간의 풍요로움 안에서 깨어 있을 때,
그리고 있는 그대로의 이 순간에 대한
가장 깊은 수준의 사랑, 너그러움, 감사를 느낄 때,
영원한 차원이 나타날 것이다.
당신은 그것을 바랄 수 없다.
당신은 그것을 붙잡을 수 없다.
그것은 당신이 준비될 때 나타날 것이다.
그것은 당신에게 달려 있지 않다.
당신이 할 수 있는 일은 그저 초대로 존재하는 것이다.
현존하라. 감사하라. 너그러워라.
그러면 당신은 초대로 존재한다.
그 뒤 지금 이 순간이 당신에게 응답할 것이다.

깨어남의 길

깨어남의 길은 분명하며 명확하다.
이미 지금 있는 것과 함께 현존하라.
용서와 뉘우침으로 과거를 끝마치고 놓아 보내라.
미래에 너무 많은 관심을 두지 말라.
감정을 책임지며 느끼고 표현하라.
숨기고 부인하고 싶은 부정적인 면들을 포함하여
자기의 모든 면을 인정하라.
삶에서 판단을 버려라.
자기의 생각과 믿음을 믿지 말라.
그것들은 진실이 아니다.
세상에서 사랑으로 행하라.
세상에서 의식하며 살아라.
참된 책임을 껴안아라.
가만히 있어라.
침묵하라.
현존하라.
삶에서 신과 지금 이 순간보다 더 중요한 것은
아무것도 없게 하라.
어머니도 아버지도. 아내나 자녀까지도.
물론 당신의 소유물도.
깨어나는 것은 당신의 운명이지만
길을 알면 도움이 된다.

여행

오직 하나의 여행이 있다.
영혼의 여행.
여행이 시작되기 전
영혼은 **하나임** 안에 존재했다.
처음에 영혼의 여행은 **하나임**을 떠나
이원성과 분리로 들어가는 것이었다.
영혼의 최종 목적지는
하나임으로 돌아가는 것이지만,
영혼은 길을 잃어버렸다.
판단과 분리 속에서 길을 잃었다.
정화의 필요 속에서 길을 잃었다.
자기의 근원을 잊었다.
집이 있는 곳을 잊었다.
많은 생애에 걸쳐 계속되며
끝없이 이어지는 꿈속에서 길을 잃었다.
이제는 꿈에서 깨어날 때다.
이제는 영혼이 집으로 돌아오는 길을 발견할 때다.

무의식적인 믿음을 알아차리기

깨어남의 길을 가는 동안
자기의 무의식적인 믿음들을
알아차릴 필요가 있다.
이는 어려운 일이 아니다.
단지 주의 깊게 지켜보라.
아무 판단 없이
살피며 주의 깊게 지켜보고 있으면,
일상생활을 하는 동안
무의식적인 믿음들이 드러날 것이다.
당신의 자아를 지켜보라.
무의식적인 믿음들로 프로그래밍 된,
마음 수준에서의 자신이 어떤 사람인지를
치우침 없이 지켜보라.
유머 감각을 갖는 데 도움이 될 것이다.

무의식적인 믿음

남들에게 학대당하거나 비난받을 것이라는
무의식적인 믿음이 있으면, 당신은
자기의 삶에 당신을 학대하거나 비난하는 사람들을
끌어당길 것이다. 당신의 마음은 이런 식으로
자기의 정당함을 입증하려 한다.
"거봐." 마음은 말할 것이다.
"난 내가 그런 일을 당할 줄 알았어. 내 말이 늘 맞잖아."
마음 깊이 자신이 사랑스럽지 않다고 느낀다면,
자기의 삶에 당신을 사랑할 수 없는 사람들을 끌어당길 것이다.
심지어 지금까지 무척 다정하던 사람들조차
갑작스레 당신을 사랑하지 않게 될 것이다.
당신을 사랑하는 사람이 언젠가는
당신 곁을 떠날 것이라고 믿는다면,
틀림없이 그런 일이 일어날 것이다. 다시, 또다시.
그러니 자기의 무의식적인 믿음들을 잘 알아차려야 한다.
그런 믿음들은 당신이 겪는 삶의 경험을 창조하고 있다.
무의식적인 믿음들은 과거의 경험에 기초하며,
대부분 아주 어린 시절에 형성된다.
이런 믿음들을 의식하지 못하면,
그것들에서 놓여날 길이 없다.

노부인과 개

어느 날 나는 개를 데리고 산책하러 나갔다.
도중에 우리는 어느 노부인과 마주쳤는데,
우리가 다가가는 동안, 그녀는
개가 공격할 것이라는 두려움에 휩싸여 있었다.
쓸데없는 두려움이었다.
우리 개는 바보라 할 만큼 온순했고
누구를 공격한 적이 한 번도 없었기 때문이다.
그녀와 가까워졌을 때
개가 그녀에게 덤벼들었다.
개가 달리 어찌할 수 있었겠는가?
개는 노부인의 현실 속에서
자기의 역할을 해야 했다.
비록 그 역할이 개의 성향과는
전혀 맞지 않았지만….
이 일이 우리 모두에게 교훈이 되기를!

생각은 아무 문제가 없다

생각은 아무 문제가 없다.
그 생각을 진실하다고 믿지만 않으면….
당신의 견해는 아무 문제가 없다.
그 견해를 진실하다고 믿지만 않으면….
당신의 믿음은 아무 문제가 없다.
그 믿음을 진실하다고 믿지만 않으면….

과거의 감정적 아픔과 트라우마에
사로잡혀 있는 정도만큼,
당신은 현존할 수 없다.

• • •

당신이 현존으로 깨어날 때
지금의 당신과 과거의 당신 사이에는
아무 관계가 없다.
지금 이 순간에는
어떠한 과거도 없기 때문이다.
당신은 자기를 고칠 필요가 없다.
그럴 필요가 없다.
그저 자기를 지금 여기로 데려와 현존하라.
그러면 과거에서 온 제한하는 믿음들은
존재하지 않는다.
그것은 아예 존재하지 않은 것과 같다.

우리는 뭔가를 하거나
뭔가를 이루기 위해
여기에 있는 것이 아니다.
가치 있는 일을 하거나
뭔가를 이룬다면 좋은 일이지만,
우리는 그것을 위해 여기에 있는 것이 아니다.
우리는 오직 깨어나기 위해 여기에 있다.

• • •

이제까지 당신의 삶에 일어난 모든 일은
당신을 깨우기 위해 마련되었다.
예외는 없다.

과거는 여전히 당신과 함께 있다

당신의 모든 과거의 자아가 당신을 뒤따른다.
그림자처럼.
당신이 완전히 깨어나기를,
집으로 돌아오기를 기다리며.
하나임으로, 사랑, 진실,
지혜, 침묵과 자비로 돌아오기를….
한때 당신이었던 아이가 여전히 당신과 함께 있다.
그 아이는 언제나 원했던
조건 없는 사랑과 받아들임을 기다린다.
마침내 그 아이를 치유하고 평온하게 하며,
당신 존재의 광대함에, 의식의 빛에
완전히 내맡기고 편안히 쉬게 해 줄 그것을….
당신을 뒤따르는 건 그 아이만이 아니다.
전생에 당신이었던 모든 인물이
여전히 당신과 함께 있다.
구도자. 해적.
노상강도. 현자.

과거는 여전히 당신과 함께 있다…

그들 하나하나는 당신이 내딛는
걸음걸음마다 박수갈채를 보낸다.
이번 생에서 당신이
이전보다 더 멀리 깨어남의 길을 간다면,
전생에 당신이었던 모든 인물이
당신과 함께 간다.
당신의 배움은 그들의 배움이다.
당신의 성취는 그들의 성취다.
당신의 완성은 그들의 완성이다.
그들은 당신으로서 함께 여행해 왔으므로….
당신의 귀가는 그들의 귀가다.
그들은 사랑으로 당신에게 내맡길 것이다.
당신이 진정한 주인이므로….
당신은 그들을 대표하여 길을 걸어왔다.
그들은 당신 속으로 사라질 것이다.
과거는 현재 속으로 사라질 것이다.

억눌린 감정들은
지금 이 순간 당신의 경험으로 스며들어
경험을 왜곡할 것이다.

• • •

억눌린 감정들이 표면으로 떠올라
의식되고 책임 있게 표현되도록 허용하라.
그러면 그것들은 당신에게서 놓여날 것이다.

• • •

이전에 부정하고 억누르고 판단한
자기의 모든 면을
인정하고 받아들이는 법을 배워라.
그것은 부드러운 과정이며,
지금 이 순간을 더 깊은 수준에서
경험하기 시작한 뒤에야 그럴 수 있다.

자기의 감정들과 바르게 관계하라.
자기 안에 억눌린 모든 감정이
떠올라 의식되고 책임 있게 표현되도록 허용하라.
그리하여 완전히 치유되고 놓여나게 하라.

• • •

어떤 감정이 이 순간 일어나면,
그 감정은 알맞게 반응하는 법을 알려 준다.
그러나 만약 그 단순하고 순간적인 감정이 일어날 때
과거에 당신 안에 억눌린 모든 감정이
물밀듯이 함께 밀려들면,
당신은 더이상 알맞은 방식으로
반응하지 못할 것이다.
대신에, 당신은 과거를 현재로 투사하고,
반응하는 대신 대응한다.*
당신이 지금 여기에 현존하면,
그리고 과거의 억눌린 감정들이 없다면,
당신은 이 순간 일어나는 감정들에
늘 알맞게 반응한다.

---

* 예를 들어, 화가 날 때 그 감정을 그저 느끼는 등 알맞게 반응하는(respond) 대신, 상대방에게 고함을 치는 등 부적절하게 대응한다(react).— 옮긴이

우리는 자기의 감정들을 피하려고 한다.
생각을 멈추고 현존으로 돌아오고 싶다면
감정들을 느껴라.

• • •

거의 모든 사람의 내면에는
과거에서 온,
특히 어린 시절 부모와의 관계에서 온
감정들이 억눌려 있다.
이런 감정들은 우리 삶과 관계의
모든 면에 스며들어 영향을 미친다.

• • •

감정들을 느끼고,
감정들과 함께 현존하고,
당신이 책임지는 방식으로
감정들이 표현되게 허용하되,
감정들에 엮인 이야기에는 관여하지 말라.

깨어 있는 삶을 살기

현존하면서 깨어 있는 삶을 살려면,
그저 이 순간에 자연스럽게 반응하라.
반응하는 법은 아주 단순하다.
배고프면 먹어라.
목마르면 마셔라.
외로우면 친구에게 전화해서 차 한잔 하자고 하라.
너무 많은 만남에 지치면
혼자 있어라.

화

화는 아무 문제가 없다.
화는 아름다운 감정이며
기쁨이나 웃음만큼 정당하고 풍부한 감정이다.
그러나 당신은 화를 억누르도록 교육받았다.
화를 내면 책망받았다.
표현되지 않은 화는
독약처럼 서서히 해를 끼칠 것이다.
중요한 것은
화를 책임지는 방식으로
표현하는 법을 아는 것이다.
다른 사람에게 화를 분출하지 말라.
당신의 화를 책임져야 할 사람은 아무도 없다.
그저 화를 표현하라.
베개를 두들겨 패라. 밖에 나가서 달려라.
나무에게 화를 표현하라.
화를 춤추어라.
화를 즐겨라.

화…

당신이 화가 난 이유는
원하는 것을 얻지 못하고 있기 때문이다.
화는 다른 사람에게 당신을 책임지도록
요구하고 있다는 표시다.
당신을 책임져야 할 사람은 아무도 없다.
비난받아야 할 사람은 아무도 없다.
당신 자신을 책임져야 할 사람은
오로지 당신밖에 없다.
그러니 화가 나면
그 화를 스스로 책임져라.
화를 표현하라. 화를 인정하라. 화를 즐겨라.
표현되지 않은 화는 폭력으로 이어진다.
책임지는 방식으로 받아들여지고 표현된 화는
웃음으로 이어진다.

분통

많은 사람은 분통을 품고 살아간다.
원하는 것을 갖지 못한다는 분통,
원하지 않는 것들을 참아야 한다는 분통.
우리는 그 분통을 표현하지 않거나
적어도 충분히 표현하지는 않는다.
표현되지 않은 분통은
우울과 질병으로 이어지고, 결국에는
죽음에까지 이르게 된다.
분통을 화로 표현하면
당신은 온전히 살아 있게 될 것이다.
분통은 표현되지 않은 화다.
그러니 화를 표현하기만 하면 된다.
분통은 당신을 잠들게 한다.
화는 당신을 깨어나게 한다.
화를 책임지는 방식으로 표현하기만 하면….

후회, 분통, 죄책감, 비난을 품고 있는 한,
당신은 현존할 수 없다.
그런 감정들은 당신을 계속
과거에 가두어 두기 때문이다.

• • •

점점 더 현존하는 동안,
과거에 대한 우리의 유일한 관심은
과거에서 놓여나는 것이다.

• • •

과거의 화가 당신 안에 억눌려 있지 않다면,
아무도 당신을 화나게 할 수 없다.
과거의 상처가 당신 안에 억눌려 있지 않다면,
아무도 당신에게 상처를 줄 수 없다.

아픈 감정을 다루기

아픈 감정을 다루는 유일한 길은 느껴 주는 것이다.
부드럽고 다정하게 더 많이 느껴 줄수록
그 감정은 점점 더 누그러질 것이다.
부드럽고 다정할 수 있다.
항의나 불평, 비난 없이 그 감정을 느낄 수 있다.
그 감정을 바꾸거나 아픔을 없애려고 할 필요가 없다.
그냥 아픔을 느껴 보라. 그 속으로 들어가 보라.
과거의 아픔이 남아 있다면 그것은 경험되기를 바라고 있다.
과거의 감정들이 경험되지 않은 까닭은
그때는 너무 아팠기 때문이다.
그때 당신은 너무 여렸다. 그래서 아픔을 억눌렀다.
이 감정들은 경험되어 놓여나기를 기다리고 있다.
만약 자기 자신을 정말로 다정하게 대한다면,
그 아픔이 상상했던 것만큼 크거나
무섭지 않음을 알게 될 것이다.
그 아픔이 크고 무서워 보였던 까닭은
당신이 가까이 가려 하지 않았기 때문이다.
가까이 다가가면 아픔은 줄어든다.
내가 일반적으로 택하는 방법은 그 감정이 무엇이든
자신이 그것을 느끼도록 허용하는 것이다.
그 감정을 어떻게 할 필요가 전혀 없다.

아픈 감정을 다루기…

그 감정을 없앨 필요가 없다. 껴안을 필요가 없다.
그 감정을 이해할 필요도 없고
원인을 분석할 필요도 없다.
그저 느껴라.
그리고 그 감정이 표현되도록 허용하라.
그것이 화라면, 소리치고 고함을 지르고
베개를 두들겨 패라.
하나의 명상으로서 화를 표현하라.
이는 화를 스스로 책임지는 방식으로
화가 진실하게 완전히 표현되도록 허용하고,
이야기에 사로잡히지 않는다는 뜻이다.
그 화는 과거에서 온 것이며
현재와는 아무 관계가 없다.
그것이 슬픔이라면, 울어라.
화장지가 아무리 많이 든들 어떠랴.
눈물이 흐르도록 놓아두어라.
그것이 아픔이나 상처라면,
불평이나 항의, 비난이나 분석 없이 그저 느껴라.
당신은 화, 아픔, 상처 밑에 감추어져 있던
내면의 사랑과 기쁨의 수준에 도달할 것이다.
이제껏 상상하지도 못했던….

깨달음

당신이 어둠 속에 있는 까닭은
아주 많은 것이 무의식 수준에서 억눌려 있기 때문이다.
질투, 탐욕, 비난, 죄책감,
화, 두려움, 분통, 불안감,
수치심 같은 감정들이 자주 무의식적으로 경험된다.
이런 감정들이 내면에 존재한다는 것을
받아들이고 싶지 않아서 묻어 버리지만,
그렇다고 이것들이 사라지는 것은 아니다.
이것들이 무의식 수준에서 작용하기에
당신은 불행하며 내적 갈등 상태에 있지만
왜 그런지를 모른다.
이런 감정들이 억눌려 있는 한,
당신은 어둠 속에 있다.
이런 감정들이 표면에 떠올라 의식되도록 허용하면
당신은 어두운 영역에 빛을 비춘다.

깨달음…

조건 없는 사랑과 받아들임의 정신으로,
점점 더 많은 감정이 표면에 떠오르도록 허용할 때,
그리고 다른 누구에게도 그 감정에 대한 책임을
전가하지 않을 때, 어둠은 점차 사라질 것이다.
그러다가 어느 날 당신은 환히 밝아질 것이다.
깨달음이란 어둠이 남아 있지 않다는 뜻이다.
깨달음은 무의식적 마음의
어둠 속에 있는 모든 것이 떠올라
의식의 빛에 비추어지도록 허용하는 진행 과정이다.
마침내 어느 날 어둠이 완전히 사라질 때까지….
당신은 **현존** 안에 근본적으로 자리 잡고,
자기 마음과 에고의 주인이 된다.
분리되어 있다는 환상은 사라지고
지금 있는 모든 것에서 **하나임**을 알아본다.

당신이 찾는 것은 이미 여기에 있다.
당신이 두려워하는 것은 오래전에 사라졌다.

• • •

여행은
여기에서 여기로 오는 여행이다.
당신이 도착할 수 있는 유일한 때는
지금이다.

완전히 현존할 때
당신은 사랑, 받아들임, 자비다.
당신은 내면에서 힘을 얻고
하나임의 깨달음 안에서 살아간다.
이것이 당신의 진실이다.
하지만 시간과 분리를 통과하는 이 긴 여행에서
당신은 어떤 사람이 되었는가?
자신이 어떤 사람이 되었는지를
알아차리고 인정하고 고백하면,
자기의 진실이 드러날 것이다.

• • •

깨어나서 근본적으로 현존하고자 한다면,
과거와 미래에서 해방되어야 할 것이다.
자기의 이야기에서 해방되어야 할 것이다.
지금 이 순간 바깥의 모든 것은 당신의 이야기다.

기도와 올바른 이해, 은총으로
자신을 구원할 수 있다.

• • •

자신을 구원한다는 것은
마음에서 현존으로,
분리에서 하나임으로,
환상에서 진실로 깨어난다는 것이다.

용서는 강력한 힘이며,
당신에게서 과거를 놓아주고
과거에서 당신을 풀어줄 수 있다.
자기에게 상처를 준 모든 사람을 용서하고
자기가 상처를 준 모든 사람의 용서를 구하라.
과거에서 놓여날수록 더 많이 현존할 수 있다.

• • •

자기의 무의식으로 인해
다른 사람에게 입힌 상처를
진실로 뉘우치면,
당신은 용서받을 것이다.

• • •

영적 보상을 받으려는 의도가
조금이라도 있다면
뉘우침은 진정한 뉘우침이 아니다.

성취

나의 가장 큰 성취는 침묵이다.
앉을 때는 그저 앉는다.
아무 일도 일어나지 않는다.
나는 침묵 속에 있다.
그러나 누가 알아볼까?
누가 관심을 둘까?
누구에게 볼 눈이 있을까?
또는 들을 귀가?
아무도.
침묵 속에서, 그건 중요하지 않다.
나를 알아주거나 인정해 주기를 바라지 않으니.
아무것도 구하지 않는다.
그저 존재할 뿐.

혼자임

완전히 혼자임을 받아들일 수 있을 때
문득 주위를 둘러보고서
혼자가 아님을 알게 될 것이다.
존재는 사방 어디에나 있고 기뻐하며
당신은 그 존재의 일부다.
삶은 춤이며
당신은 춤추는 자다.

현존하는 것이 얼마나 간단한 일인지를
알아차리는 것이 꼭 필요하다.
지금 이 순간은
늘 여기에 있으며 당신을 기다린다.
지금 이 순간은
당신이 생각의 세계에 빠지는 대신
지금 여기에 있는 것과 함께 현존하도록
끊임없이 초대한다.

• • •

현존할 때
당신은 마음과 에고를 초월하며,
그래서 자기의 마음과 에고를
지켜보는 자로 있을 수 있다.
생각이 일어날 때
생각에 빠지지 않고
생각을 알아차릴 수 있다.

깨어남은 여행이다

깨어남은 여행이다.
마음에서 현존으로,
과거와 미래에서 현재로,
어둠에서 빛으로 오는 여행.
이 여행에는 깨어남이 따른다.
더 깊은 의식 수준으로,
더 높은 의식 수준으로,
현존의 확장된 상태로.
조건 없는 사랑과 받아들임의 상태.
침묵의 상태.

돕는 것

어떤 사람을 돕는 것은 그를 침해하는 것이다.
여기에는 그들에게 당신의 도움이 필요하다는
인식이 담겨 있다.
그들이 무력하다는 인식이 담겨 있다.
이는 당신을 높이고 그들을 낮추는
에고의 교묘한 게임이다.
나는 내가 누구를 돕는다는 인식이 없다.
나는 누구를 돕고 있지 않다.
나는 그저 여기에 있을 뿐이다.
당신이 얻는 것은 당신이 얻는 것이다.
당신이 원하는 것은 당신이 원하는 것이다.
만약 그것이 당신에게 도움이 된다면,
당신은 도움을 받는다.
그러나 나는 당신을 돕고 있지 않다.

그리스도는 개인이 아니라 의식의 상태다.
예수는 그 의식 상태로 깨어난 개인이었다.

・ ・ ・

완전한 내면의 침묵 상태에 이른 사람들만이
예수가 한 말의 참된 뜻을 알 수 있다.
예수는 마음으로는 알 수 없는 것에 관해
말하고 있었기 때문이다.
그가 한 말의 참된 의미를 알고 싶거든
그가 그런 말을 한 의식 수준으로 깨어나야 한다.

・ ・ ・

신 의식은
여행의 마지막 단계다.
그리스도 의식은
당신이 거기에
거의 다 이르렀음을 나타낸다.

십자가의 상징

십자가는 이원성의 초월을 상징한다.
예수가 그 위에 못 박히기 훨씬 전에도
십자가는 의식(意識)의 상징이었다.
이원성은 오직 지금 이 순간에만 초월될 수 있다.
지금 이 순간은 과거와 미래를 초월해 있다.
지금 이 순간은 **하나임**과 **영원**으로 들어가는 입구다.
기독교인들이 삶의 진실로 깨어나려면,
과거를 놓아 버려야 할 것이다.
지금 이 순간으로 깨어나야 할 것이다.
역사 속의 예수를 놓아주고
자기 안에서 **그리스도** 의식을 발견해야 할 것이다.
예수를 십자가에서 내려 주어야 할 것이다.
그들이 자기 삶에서 지어내는 모든 것을
스스로 책임져야 할 것이다.
예수가 십자가에서 내려지면
모든 기독교인이 예수가 있던 십자가 위에
있어야 할 것이다.

십자가의 상징…

모든 기독교인이 저마다
자기의 구원자가 되어야 할 것이다.
당신은 십자가에 못 박힐 필요가 없다.
육체적으로는 죽지 않을 것이다.
그것은 그저 자기의 에고를 포기하는 것이다.
믿음을 포기하는 것이다.
판단과 분리의 끝이다.
당신이 이제까지 알던 삶의 끝이다.
그러나 십자가에 못 박히면 부활로 이어진다.
신과의 하나임으로 이어진다.
진실로 이어진다.
삶의 영원한 차원으로 이어진다.
참된 기독교인이고자 한다면
당신은 한 명의 그리스도가 되어야 한다.
신과의 하나임으로 들어가는 자기의 길을 발견해야 한다.
예수가 신과의 하나임으로 들어가는 그의 길을 발견했듯이.
이제는 예수가 쉬어야 할 때다.

신을 믿는 것은
신을 아는 데 걸림돌이다.

• • •

신을 믿는 사람은
나무 십자가라는 상징에서 신을 볼 수 있다.
신을 아는 사람은
십자가가 아니라 나무에서 신을 본다.

• • •

과거와 미래에서 현재로 깨어나면
당신은 신을 위한 탈것이 된다.
당신은 땅 위에 천국을
능동적으로 가져오고 있다.

한 그루 포도나무

유대교, 기독교, 이슬람교는
분리되어 있지 않다.
이 세 종교는 신이 심어 놓은
한 그루 포도나무다.
포도나무가 완전히 꽃을 피우면
사람이 신으로 오르는 것이 보일 것이다.
그리고 신이 사람으로 내려온다.
중간의 만나는 지점.
그 만나는 지점은 현존 안에 있다.
그것은 이원성의 초월이다.
안이 바깥과 같고
위가 아래와 같을 때.
빛과 어둠의 너머에,
모습과 모습 없음의 너머에,
거기에서 사람과 신이 만나
하나가 된다.

성부, 성자, 성령

깨어난다는 것은 시간 속의 경험 세계와
더는 동일시하지 않는다는 뜻이다.
그것은 자기 생각, 믿음과의 동일시의 끝을 뜻한다.
당신은 더는 과거에 의해 규정되지 않는다.
더는 미래에 빠지지 않는다.
당신은 자기가 지금 여기에 존재하는 자임을 안다.
과거를 기억하고 미래를 상상하지만,
더는 그것들과 동일시하지 않는다.
당신은 지금 이 순간으로 깨어났다.
삶의 진실로 깨어났다.
자기 존재의 영원한 본성을 알아차렸다.
마음의 수준에서, 당신은 성자다.
현존의 수준에서, 당신은 성부다.
그리고 당신의 너머에, 신이 있다.
하나.
영원.
알 수 없는.
불가사의.
성령.

세상을 구원하고 싶은가.
유일한 길이 있다.
자기를 구원하라.
자기의 구원자가 되어라.
다른 사람들의 구원자가 되는 것은
그들에게서 그들의 책임을 빼앗는 것이다.
저마다 자기의 구원자가 되어야 한다.
당신은 모든 수준에서
자기 자신에 대한 책임을 받아들임으로써
자기를 구원한다.

• • •

깨어나는 것은 그리스도가 되는 것이다.
당신이 예수처럼 될 것이라는 뜻이 아니다.
예수는 예수였다.
당신은 그저 당신 자신일 것이다.
당신은 정원이나 사무실에서 일할 수 있다.
당신은 구원자가 될 필요가 없다.
하지만 당신은 그리스도일 것이다.

당신이 길을 잃는 까닭은
갈 곳이 있다고 생각하기 때문이다.
목적지나 도착지가 있다는 믿음을 버리면
길을 잃을 수 없다.
지금 이 순간에는 목적지가 없다.

• • •

모든 일은 신의 뜻에 따라,
그래야 하는 대로 펼쳐지고 있다.
어떤 일이 일어났다면, 그것은 신의 뜻이었다.
어떤 일이 일어나고 있다면, 그것은 신의 뜻이다.
앞으로 어떤 일이 일어난다면, 그것도 신의 뜻이다.

깨어남의 여행을 떠나는 자는
여행에서 살아남지 못할 것이다.
깨어남의 근본적인 성질이 그렇다.

• • •

깨어날 때 당신은
의식을 존재로 가져오며,
모든 존재가 축하하며 기뻐한다.
깨어날 때 당신은
존재를 위한 거울이 된다.

당신은 현존의 진실을 실천할 수 없다

당신은 사랑, 받아들임, 자비라고
내가 말할 때 이는
당신이 현존할 때만 진실이다.
현존을 떠나 다시 마음속에 사로잡히는 순간,
당신은 진실과 단절되었다.
사랑과 단절되었다.
신과 단절되었다.
당신은 기억과 상상, 믿음의 세계에 사로잡혔다.
에고는 현존에서 일어나는 사랑과 진실의
더없이 행복한 경험을 기억한다.
그 뒤 에고는 자기가 안다고 생각하지만,
실은 그렇지 않다. 그것은 단지
당신이 과거에, 현존할 때 경험한 것의 기억일 뿐이다.

당신은 현존의 진실을 실천할 수 없다…

에고는 어떤 것도 직접 경험하지 못하지만,
그 경험을 기억한 뒤
그것을 실천하려고 애쓴다.
이곳이 바로 종교들이 잘못된 길로 빠지는 지점이다.
종교들은 깨어 있는 사람의 경험담을
에고에게 주고는 실천하라고 했다.
모든 주요 종교는 종교 창시자의 통찰 경험에 바탕을 둔다.
종교들이 제자들을 그리스도나 붓다와 정확히 같은 수준으로
깨어나게 하는 방법을 가지고 있지 않다면,
그런 종교들은 완전히 실패한 것이다.
그 종교들은 마음의 수준에서만 존재하며
우리를 근본적으로 변화시킬 힘을 가지고 있지 않다.

깨어남

먼 옛날부터 영적 스승들은 깨어나야 한다고 말했다.
스승들은 우리가 정말로 깨어 있는 것이 아니며,
우리가 현실이라고 부르는 것은 실상
꿈과 같은 것이라고 말했다.
우리는 **마야** 즉 환상의 세계에서 살고 있다.
깨어난다는 것은 무슨 뜻인가?
우리가 눈을 뜨고 돌아다니는데
어떻게 잠들어 있다고 말할 수 있는가?
꿈 또는 **마야**라니… 무슨 뜻인가?
답은 아주 단순하다.
깨어 있는 상태를 이해하려면
먼저 잠자는 상태를 살펴보아야 한다.
잠에는 세 가지 수준이 있다.
첫째는 잠들기 시작할 때다.
이 잠은 아주 얕다. 이 잠은
깨어 있는 상태에서 잠든 상태로 옮겨가는 단계다.
둘째는 꿈을 꾸는 단계다.
이 단계에서 당신은 꿈을 꾼다.
당신의 눈은 눈꺼풀 아래로 급격히 이동하는데,
이것은 꿈을 꾸고 있다는 표시다.

깨어남…

셋째 단계는 깊은 잠이며,

꿈도 없는 깊고 고요한 잠이다.

당신의 눈은 정지해 있다.

이 단계에서 당신은 깊이 재충전된다.

잠에는 분명히 구분되는 세 가지 단계가 있지만,

일반적으로 깨어 있는 상태는

두 가지 단계만 있다고 여겨진다.

잠에서 깨는 것과 깨어 있음.

그러나 실제로는 깨어남이라는

셋째 단계가 있는데

우리는 이것을 거의 경험하지 못한다.

스승들이 말하는 것은 이 셋째 단계다.

잠에서 깨는 상태인 첫째 단계는 옮겨가는 과정이다.

이것은 잠의 첫째 단계와 일치한다.

당신은 이제 잠들어 있지 않지만

아직 깨어 있지도 않다.

둘째 단계를 흔히 깨어 있다고 말하는데,

사실, 이 단계는 완전히 깨어 있는 상태가 아니며

잠의 둘째 단계와 일치한다.

깨어남…

이것은 꿈을 꾸고 있는 단계다.
당신은 실제로는 꿈을 꾸고 있다.
당신이 마음속에, 무의식적으로 과거 속에 있다는 뜻에서.
마음속에서 일어나는 일들은
현실과 일치하지 않는다. 그것들은
지금 여기에서 실제로 일어나고 있는 일이 아니다.
눈을 뜨고는 있지만 당신은 마음속에 있으며,
무의식적으로 과거를 현재로 투사하며,
그리하여 자기의 현실감을 왜곡한다.
깨어남이라는 셋째 단계가 있다.
이 셋째 단계에 이르기 전에는
당신은 아직 완전히 깨어 있지 않다.
이 단계에서 당신은 완전히 현존하며, 당신의 마음은
잠의 셋째 단계에서 그렇듯이 침묵한다.
유일한 차이는 이제 당신이
완전히 의식하면서 깨어 있다는 것이다.
당신은 생각의 과거와 미래 세계에 빠져 있지 않고,
지금 여기에 있는 것과 함께 현존한다.
당신은 여전히 생각할 수 있으나, 이제 당신은
생각하기를 의식적으로 선택하고 있으며
더는 생각 속에 빠지지 않는다.
꿈속에 빠지지 않는다.

깨어남…

늘 현존할 필요는 없으며,
생각이 유용할 때가 하루에도 많이 있다.
문제가 생기는 것은
꿈을 실제 현실로 착각하고,
자신이 깨어 있지 않은데도 깨어 있다고 믿을 때다.
더 분명히 설명해 보자.
깨어 있는 이 셋째 단계에서는
마음이 활동하지 않는다.
마음은 침묵한다.
과거는 사라졌고, 당신은 과거를 투사하지 않으며
지금 여기의 현실을 온전히 경험한다.
그 현실의 경험에 관한 생각이나 견해는
아무리 심오하고 지혜로워도
모두 깨어남의 셋째 단계가 아니라
둘째 단계에 속한다.
의식적이든 무의식적이든 모든 생각은
둘째 단계에 속하며 꿈의 일부다.

장미는 장미다

어느 날 남자가 거리를 걷고 있는데,
그를 향해 걸어오는 그의 에고가 보였다.
"난 네가 누구인지 알아." 남자가 말했다.
"네가 뭘 원하는지도 알지."
"말해 봐." 에고가 말했다.
"너는 환상이야." 남자가 말을 이었다.
"그리고 환상 속에서 존재하고 싶어 하지."
"그런가!" 에고가 덤덤하게 대꾸했다.
"너는 나를 보호하려고 생겨났고,
그동안 잘해 왔어." 남자가 말했다.
"내가 잠들었던 건 네 잘못이 아니야. 하지만
어쨌든 나는 지금 깨어 있고, 너를 지켜보고 있지.
언제나! 너는 내 눈길을 벗어날 수 없어.
게임은 끝났네, 친구."
"계속해 봐." 에고가 말했다.

장미는 장미다…

"난 네가 아니야. 넌 내가 너라고 생각할 뿐이지."
남자가 말했다.
"넌 생각 속에서만 존재해.
그런데 모든 생각은 환상일 뿐이지."
잠시 침묵한 뒤 에고가 말했다.
"난 너야. 그렇지 않다는 건 네 생각일 뿐이고."
이때 지나가던 현자가 걸음을 멈추었다.
"자네는 이것도 아니고 저것도 아니라네."
현자는 잠시 말을 멈추었다.
"그럼 저는 누구입니까?" 남자가 물었다.
"장미는 장미라네!" 웃으면서 현자가 대답했다.
"당신은 누구입니까?" 남자가 물었다.
"내가 누구인지 어떻게 말할 수 있겠나."
현자가 말했다. "나는 그저 있을 뿐!"
그리고 현자는 행복하게 길을 갔다.

더 높은 의식 수준

평소 우리는 마음의 수준에서 활동한다.
이는 우리의 모든 경험이
마음을 통해 여과된다는 뜻이다.
하지만 마음은 지금 이 순간에는 참여할 수 없다.
지금 여기의 현실에는 참여할 수 없다.
마음은 과거 안에서만,
또는 우리가 미래라고 부르는
과거의 투사 안에서만 활동할 수 있다.
우리는 더 높은 의식 수준으로 깨어날 수 있다.
현존의 수준으로 깨어날 수 있는데,
그때 우리는 마음속이 아니라
지금 이 순간의 진실과 현실 속에서 활동한다.
우리가 깨어 있는 삶을 사는 것은
현존의 그런 순간들 안에서다.

마음의 조감

현존의 수준으로 깨어나면
이전에는 보이지 않던 것들이 보인다.
자기 자신을 한눈에 내려다볼 수 있다.
마음의 수준에 있는 자기 자신을 지켜볼 수 있다.
자기의 생각, 감정, 태도, 믿음을 볼 수 있으며,
자기를 무의식적으로 규정하고 제한하는
과거의 모든 경험도 볼 수 있다.
어린 시절, 자기 자신과 다른 사람들, 삶에 대해 형성된 믿음들은
무의식 수준에서 당신의 마음속에 프로그래밍 되었으며
당신을 규정하고 삶의 모든 면에 영향을 미친다.
더 높은 의식 수준으로 깨어나기 전에는
마음의 수준에 있는 자기를 지켜볼 수 없다.
조건 없는 사랑과 받아들임의 정신으로
더욱더 지켜볼수록 더욱더 깨어날 것이다.
당신은 당신이 지켜보는 대상일 수 없다.
사실, 당신은 보는 자다.
초월의 순간에는 보는 자와 보이는 대상이 사라지며
남아 있는 것은 오직 봄뿐이다.
그것은 순수 의식이다.
그리고 가장 깊은 수준에서
이것이 참된 당신이다.

판단 없이
마음을 더욱더 지켜볼수록
마음은 당신을 점점 덜 지배한다.

• • •

자기의 모든 면을 받아들여야 한다.
이제까지 판단받고 비난받았던 면들까지도.
당신이 판단을 초월하고
받아들임의 에너지가 당신 존재에 가득할 때,
굉장한 이완이 일어날 것이다.

• • •

따라야 할 유일한 갈망은
자신이 누구인지를 알고 싶은 갈망이다.
당신은 여자나 남자를 갈망할 수 있다.
많은 재산과 성공을 갈망할 수 있다.
이 모든 갈망은 당신을 더 멀리 데려갈 것이다.
그러나 자신이 누구인지 알고 싶은 갈망은
당신을 집으로 데려올 것이다.

명상

명상의 목표는
마음의 모든 유희를 알아차리는 것이다.
마음의 성질을 정말로 이해하고
마음의 행위를 분명히 본다면,
마음을 넘어서는 길이 열린다.
현존의 수준으로 넘어서게 된다.
당신은 본질적인 자기로 깨어나게 된다.
어떤 명상은 편안히 이완하게 해 줄 것이다.
어떤 명상은 마음을 지켜보도록 도울 것이다.
어떤 명상은 마음을 고요히 하도록 도울 것이다.
어떤 명상은 당신 존재의 더 깊은 수준들에
이르도록 도울 것이다.
당신 존재의 한가운데에서
당신은 침묵과 사랑, 빛의 상태로 들어갈 텐데,
그것은 참으로 심오하다.

마음의 성질

마음의 가장 기본적이고 주된 기능 가운데 하나는
정보를 모아 식별하고 비교하는 것이다.
당신이 경험하는 모든 것은 마음을 통해 처리되며,
식별되고 정보로 모여 분류되고 비교될 것이다.
이런 일은 대부분 무의식 수준에서 일어난다.
마음은 당신이 지금 경험하는 것을
이미 알고 있는 경험의 영역에 끼워 맞출 필요가 있다.
대개, 이렇게 정보를 모으는 기능은
일상적이며 특별히 문제가 되지는 않는다.
하지만 그로 인해 당신은
지금 이 순간의 현실에 무감각해진다.
지금 여기에 있는 것을 이미 알고 있다고 느낀다.
그래서 여기에 있을 필요가 없다고 여긴다.
지금 여기에 실제로 있는 것을 보고 듣고 느끼고
만지거나 냄새 맡을 필요가 없다고 여긴다.
이미 안다고 생각하므로….
이런 지식은 당신을 무감각하게 한다. 당신을 잠들게 한다.
당신은 삶을 경험할 기회를 놓친다.
왜냐하면 당신의 지식은 언제나
과거의 것들에 관한 지식이며,
지금 당장 여기에 있는 것들을 아는 앎이 아니기 때문이다.

마음의 성질…

그런데 때로는 이렇게 정보를 모으는 기능이
일상적이지 않으며 상당한 장애가 될 수 있다.
과거에 위협적이었던 수많은 경험이 있다.
그런 경험은 당신의 마음속에서 식별되고
기억으로 저장될 때 특별한 꼬리표가 달렸다.
'위험.'
'주의.'
이런 꼬리표가 달린 과거의 경험들은 대개
상처받거나 거부당했다고 느끼게 하고
자주 화의 감정을 불러일으킨 어린 시절의 경험이다.
현재의 경험 가운데 어떤 일이
이런 꼬리표가 달린 경험을 떠올리게 하면, 당신은
경보 체계가 발동되고 비상경계 태세에 돌입할 것이다.
그럴 때 사실상 당신은 어린 시절의 경험으로
퇴행하고 있으며, 그 경험을 현재 상황에 투사한 뒤
그 당시에 그랬던 것처럼 대응한다.
어린 시절에 당신을 위협한다고 느낀 것은
이제는 분명히 더이상 위협이 아니지만, 당신은 여전히
어린 시절의 현실에 따라 어린아이로서 대응하고 있다.
그런 경험이 자각되지 않은 채 남아 있는 한,
당신은 계속 그렇게 대응할 것이다.

어린 시절 마음의 프로그래밍

어린 시절 당신의 마음에 프로그래밍 되었을,
그리고 아직도 삶의 경험을 무의식적으로 결정하고 있을,
자기 자신과 다른 사람들, 삶에 대한 믿음들이 있다.
여기, 많은 사람에게 공통된 그런 믿음 중 일부의 목록이 있다.
이 가운데 어떤 것들이 당신에게 해당하는가?
나는 부모님이 원하는 자녀가 아니다.
나는 사랑받지 못한다. 나는 사랑스럽지 않다.
사람들은 나를 받아들여 주지 않는다.
나는 부족한 사람이다. 나는 할 수 없다.
나는 혼자다. 나는 분리되어 있다. 나는 버림받았다.
남들에게 의지하면 안 된다. 혼자 힘으로 해야 한다.
신뢰하는 것은 안전하지 않다.
편안히 이완하는 것은 안전하지 않다.
나는 항상 통제해야 한다.
아무도 나를 이해하지 못한다.
아무도 내 말에 귀 기울이지 않는다.
나는 중요한 사람이 아니다. 나는 나 자신을 표현할 수 없다.
솔직하게 말하는 것은 안전하지 않다.
나는 '아니요'라고 말할 수 없다.
나는 원하는 것을 요청할 수 없다.

어린 시절 마음의 프로그래밍…

나는 원하는 것을 가질 수 없다.

나는 성가신 존재다. 나에겐 분명히 무슨 문제가 있다.

나는 대처할 수 없다. 나는 안전하지 않다. 삶은 안전하지 않다.

그것은 나의 잘못이다. 나는 비난받아야 한다.

그것은 그들의 잘못이다. 그들은 비난받아야 한다.

나는 꼼짝없이 갇혔다. 나는 벗어날 수 없다.

나는 여기에 있고 싶지 않다.

떠나는 것은 안전하지 않다.

나는 어디에도 속해 있지 않다.

나는 사람들과 어울리지 못한다.

내 감정을 드러내는 것은 안전하지 않다.

나는 감정을 숨겨야 한다. 나는 좋은 사람이어야 한다.

나는 올바른 것을 해야 한다.

나는 착해야 한다. 사람들을 기분 나쁘게 하면 안 된다.

내 진짜 모습은 감추어야 한다.

나는 무가치한 사람이다.

내 판단은 믿을 수 없다. 내 감정은 믿을 수 없다.

나는 용감해야 한다. 나는 강해야 한다.

몇 가지 예.

마음과 퇴행

마음의 수준에서, 당신은
과거 기억들의 집합으로서 존재한다.
마음은 지금 이 순간의 현실과 당신을
장벽처럼 가르는 커튼과 같다.
마음속에 있을 때 당신은
과거의 어느 곳에 있다.
대개 당신은 과거에 너무 깊이 빠져 있지는 않기에
마음의 수준에서 그럭저럭 잘 활동할 수 있지만
늘 그렇지는 않다.
때로는 스트레스를 받고
걱정과 불안감에 휩싸이는 시기를 경험한다.
때로는 속상하고 상처받거나 화가 난다.
때로는 거부당하거나 비판받는다고 느낀다.
때로는 관심을 받으려 하거나 두려워한다.
이런 각각의 상황에서 일어나고 있는 일은
당신이 지금 이 순간에서 더 멀어지고 있다는 것이다.

마음과 퇴행…

당신은 현실에서 더 멀어지고 있다.
당신은 퇴행했으며, 이런 퇴행은
흔히 무의식 수준에서 일어난다.
당신은 과거의 경험으로,
아마도 아주 어린 시절의 경험으로 퇴행했으며,
그 과거의 경험을 지금 이 순간으로 투사하고 있다.
그럴 때 당신은 사실상 꿈을 꾸고 있으며
곤경에 처해 있다.
꿈을 실제라고 믿고 있기 때문이다.
만약 자신이 과거의 경험으로 퇴행하여
그 경험을 지금 이 순간으로 투사하고 있음을
알아차린다면, 아무 문제가 없을 것이다.
당신은 자신이 경험하고 있는 것이
현실에 바탕을 둔 것이 아님을 알게 될 것이다.
당신은 꿈에서 깨어날 것이다.
꿈의 성질을 파악할 수 있다면
쉽게 깨어날 수 있다.

마음속에 있을 때

마음속에 있을 때, 당신은 지나치게
과거에 관심을 두고 과거에 사로잡혀 있어서
실제로는 여기에 있지 않다.
당신은 앞에 있는 것을 보지 않는다.
그저 과거를 지금 이 순간으로 투사할 뿐이다.
당신은 몇몇 과거 경험의 기억을
지금 실제로 일어나는 일에 덧붙이고서
그것을 실제라고 믿는다.
마음의 수준에서 당신의 경험은 실체 없는 환상이다.
당신이 마음속에 있을 때 삶의 경험은
모든 과거의 기억, 모든 제한하는 믿음,
어린 시절에 시작된 모든 억눌린 감정에 의해 결정된다.
당신이 더욱더 현존하고
마음속에서 일어나는 모든 것을 알아차릴 때,
그런 과거의 기억과 제한하는 믿음은
점차 사라질 것이다.

거부에 대한 두려움

거부당하는 경험을 자신에게 허용하지 않으려 하면,
거부에 대한 두려움은 마음속에서 더욱더 커지고,
그러면 당신은 더욱더 거부를 피하려고 한다.
그러나 만약 거부당하는 경험을 자신에게 허용하면,
거부에 대한 두려움은 점점 줄어들어
잠깐 스치는 정도만 남게 된다.
스치는 정도의 두려움은 남아 있지만,
당신이 거부당할 때 느끼는 것은 그 정도가 전부일 것이다.
잠깐 스치는 거부.
이 정도는 당신에게 문제가 되지 않을 것이다.
문제가 생기는 것은
당신이 거부당하는 경험을 피하려고
어떤 행위들을 할 때다.
그러는 동안 당신은 삶에 무감각해진다.

실패에 대한 두려움

삶의 많은 부분은 실패할 위험과 가능성을 내포한다.
실패를 두려워하지 않으면
삶에서 훨씬 많은 위험을 감수할 것이다.
더 많은 위험을 감수할수록
더욱 생생히 살아 있음을 느낄 것이다.
당신이 실패를 두려워하는 까닭은
거부당할까 봐 두려워하기 때문이다.
사람들에게 받아들여지고 싶은 바람을
포기하는 순간, 거부에 대한 두려움이 사라지고
실패에 대한 두려움도 사라질 것이다.

알지 못하는 것에 대한 두려움

관계든 일이든
어떤 상황을 충분히 겪은 뒤
떠나려 할 때마다
곧 알지 못하는 것에 대한 두려움이 일어나
떠나지 못하게 가로막을 것이다.
당신은 떠나고 싶은 바람과
떠남에 대한 두려움 사이에 갇혀
이러지도 저러지도 못할 것이다.
그리고 그 문제가 해결될 때까지
점점 더 좌절하고 걱정하고
분개하게 될 것이다.

의식적인 선택

깨어나고 싶다면
다음 질문을 숙고해 보라.
"내가 삶에서 하는 선택들은
내가 현존 안에 있도록 돕고,
평화, 사랑, 하나임으로
더 깊어지도록 인도하는가?
아니면, 내가 하는 선택들은
내가 현존에서 더 멀어지며
분리로 더 깊이 들어가도록 이끄는가?
나는 두려움으로부터 행하는가,
아니면 사랑으로부터 행하는가?"

과거를 놓아 버리기

당신은 깨닫지 못한다.
부모에게 받지 못한 사랑과 받아들임을
갈구하며 뒤돌아보는 행위를 그만두면,
지금 당신에게 주어진 것들에 눈뜨리라는 점을….
그러나 당신은 놓아 버리려 하지 않는다.
후회와 비난, 원망 또는 죄책감으로
불완전하고 불충분한 과거를 뒤돌아보면
지금 여기에서 당신을 기다리는 보물들을 보지 못한다.
과거는 가 버렸다.
더는 당신 곁에 있지 않은 것을 바로잡을 수는 없다.
그저 지금 있는 것과 함께 현존하라.
지금 여기에 있는 것에 감사하라.

마음속에서 길을 잃을 때면
그 속에서 뭘 어찌해 보려고 애쓰지 말라.
자기 자신을 고치려고 애쓰지 말라.
그저 스스로 물어보라.
"현존으로 돌아가려면 어떻게 해야 하지?"

• • •

마음의 수준에서 당신은
참나의 기억으로만 존재한다.

현존으로 돌아오는 길

마음의 수준에서 어떤 것에 사로잡힐 때
현존으로 돌아오는 길은 단순하다.
먼저 당신이 무엇에 사로잡혔는지를 분명히 파악하라.
그것은 질투, 두려움, 무가치하다는 느낌,
또는 다른 무엇인가?
그것을 알아차려라.
그것을 느껴라.
그것을 인정하라.
그것을 표현하라.
그것을 고백하라.
그 모든 것을 의식하라.
그 뒤 지금 이 순간으로 돌아오라.

길들여진 마음

마음의 수준에서, 당신은
진실하지 않은 믿음들을 믿도록 길들여졌으며
이런 믿음들이 자기를 규정하도록 허용한다.
당신은 성별, 인종, 종교, 국적에 따라 규정된다.
이 모든 것은 당신이 누구인지를 규정하고,
당신은 그 규정을 받아들이며
이 규정의 테두리와 한계들 안에서 살아간다.
사실, 이런 규정들은 허상에 불과한 것이지만
당신은 끝까지 방어하려 할 것이다.
기독교도는 메카를 방문할 때
이슬람교도와는 전혀 다른 경험을 할 것이다.
그러나 누가 방문을 하든지
메카는 똑같이 그대로 있다.
차이는 오직 길들여진 상태에 있을 뿐이다.

길들여진 마음…

호주인과 미국인이 함께 미국 국가를 듣는다면
그들이 경험하는 노래는 전혀 다를 것이다.
하지만 노래는 똑같이 그대로 있다.
종교적·인종적 편견, 민족주의, 원리주의,
그리고 결국 전쟁에까지 이르게 하는 것은
마음의 이런 면이다.
당신은 이런 것들이 자기를 정말로 규정한다고
믿도록 길들여졌다. 그것이 냉혹한 현실이다.
하지만 그것들은 진실하지 않다.
이런 길들임은 당신을 자아의 맨 바깥 껍데기에 가둔다.
이런 길들여진 상태와 작별하기 전에는
감옥을 탈출하여 자기 존재의 중심으로 나아갈 수 없다.
이렇게 길들여진 상태를 놓아 버리기 전에는
꿈에서 깰 수 없다. 깨어날 수 없다.

깨어남의 열쇠

깨어나는 데 가장 중요한 열쇠는 현존하는 법을 배우는 것이다.
오직 현존으로부터만 자기 자신을
조건 없이 사랑하고 받아들일 수 있다.
여기에는 자기에 관해 바꾸고 싶은 모든 것이 포함된다.
질투, 소유욕, 통제, 판단, 무기력, 무능,
비난, 죄책감, 불안, 무가치하다는 느낌,
오만, 기대, 원망, 화, 슬픔, 좌절 등등.
자기 안의 이런 성질 중 어떤 것이라도
바꾸고 싶어 한다면, 이는 그것에 대한 미묘한 거부다.
그것은 조건 없는 받아들임이 아니다.
이런 성질이 내면에서 일어날 때
이 모든 것을 알아보고 인정하는 것이 열쇠다.
아무것도 자기 자신에게 감추지 말라.
사랑, 받아들임, 자비로 이 모든 것을 인정하라.
무엇이 일어나든 판단 없이
더 많이 인정하고 받아들일수록
더 많이 이완되고 과거에서 놓여나
현존의 수준으로 더욱더 깊어질 것이다.

깨어남의 둘째 열쇠는 자기의 감정과 올바르게 관계하는 것이다.
현존할 때만 그렇게 할 수 있다.
당신이 억누른 과거의 감정이 많이 있다.

깨어남의 열쇠…

그때는 그럴 만한 이유가 있었지만
이제 그 감정들은 놓여나고 싶어 한다.
그러니 화, 상처, 아픔, 슬픔 같은 억눌린 감정을
느끼고 표현할 기회를 찾을 필요가 있다.
그런 감정들이 내면에서 올라올 때마다
그저 그 감정들과 함께 현존하라.
그런 감정이 진정으로 표현되도록 허용하되
그 감정에 엮인 이야기와는 동일시하지 말라.
그 감정은 과거에서 오며,
당신은 그 과거를 현재로 투사하고 있다.
그런 감정들을 없애려 하지 말라.
그것은 그 감정들에 대한 판단일 것이다.
단순히 그 감정들이 당신을 통해
자기의 여행을 끝마치도록 허용하라.
한번 놓여나면, 그것들은 영원히 떠날 것이다.
자기의 감정적인 대응을 완전히 책임지는 것이 중요하다.
과거에 억눌린 화가 내면에 있지 않다면,
아무도 당신을 화나게 할 수 없다.
과거에 억눌린 상처가 내면에 있지 않다면,
아무도 당신에게 상처를 줄 수 없다.
이런 억눌린 감정들이 놓여나면, 가능할 줄 몰랐던 수준의
사랑, 평화, 자유를 느끼기 시작할 것이다.

깨어남의 열쇠…

깨어남의 셋째 열쇠는 고백이다.
이것은 천주교의 고해성사와는 아무 관계가 없다.
당신은 고백해야만 용서받을 수 있는 죄를 짓지 않았다.
만약 어떤 판단도 하지 않으면서 당신과 함께 완전히 현존하는
사람에게 이런 성질들을 고백하면, 당신이 고백하는 성질을
인정하는 데 도움이 될 것이다. 고백을 하면서 당신은 이렇게
말하고 있다. "이것이 나다. 나는 이런 사람이 되었다.
나는 소유하려 하고 통제하려 한다."
또는 "나는 비난한다."
또는 "나는 뜻대로 되지 않을 때마다 늘 화가 난다."
또는 "나는 사람들에게 너무 가까이 다가가지 않으려 한다.
거부당할까 봐 두렵기 때문이다."
사랑, 받아들임, 자비로 인정하고 고백하면 그것들은 놓여난다.
당신은 어떤 성질도 존재할 수 없는 현존의 수준으로 해방된다.
그 성질들은 현존의 본성이 아니므로 존재할 수 없다.
그것들은 마음의 수준에서만 존재한다.
당신의 고백을 들어 줄 만큼 충분히 현존하는 사람을
발견할 수 없다면, 나무나 꽃, 또는
당신 존재의 핵심에 존재하는 신에게 고백하라.

깨어남의 넷째 열쇠는 에고와 올바르게 관계하는 것이다.
에고는 적이 아니다. 아무도 정말로 현존하지 않는 고통스러운 세계에서 에고는 당신의 친구이며 보호자다.

깨어남의 열쇠…

자기의 삶에서 에고의 참된 역할을 알게 되면,
당신은 에고의 진가를 인정하게 될 것이다.
당신은 에고의 친구가 되고, 점차 에고는 편안히 이완하며
당신이 더욱 현존하도록 허용할 것이다.
당신이 **현존**에 자리 잡을 때,
에고는 당신에게 내맡기고,
당신의 삶에서 에고의 역할은 완전히 바뀔 것이다.

깨어남의 다섯째 열쇠는 다른 사람들 안에서
자기 자신을 잃는 모든 방식을 알아차리는 것이다.
사랑과 받아들임, 인정을 위해 다른 사람들을 바라보면,
당신은 그들 안에서 자기 자신을 잃고 있다.
다른 사람들에게 판단받고 거부당하는 것을 두려워하면,
당신은 자기 자신을 잃고 있고, 자기의 힘과 자유를 내주고 있다.
깨어나는 것은 자기 자신으로 돌아오는 것이며,
다른 사람들과 얽힘에서 자기를 풀어주는 것이다.

깨어남의 여섯째 열쇠는 자기에 대한 온전한 책임을 받아들이는 것이다. 그럴 때 당신은 기대와 원망, 비난과 죄책감의 세계에서 해방될 것이다. 완전한 자유로 나아갈 것이다.

깨어남의 일곱째 열쇠는 놓아 버리는 것이다.
춤을 추어라. 기뻐하라. 모든 통제를 놓아 버려라.

책임

책임지는 것은 다른 사람과는 아무 상관이 없다.
그렇지만 당신은 다른 사람들을 책임져야 하고
다른 사람들은 당신을 책임져야 한다는 생각은
당신의 마음속에 깊이 새겨져 있다.
그것은 당신이 맺고 있는 관계들 속에서
작용하는 주요 요인이다.
'나는 다른 사람들을 책임져야 한다.
나는 다른 사람들의 기대에 부응해야 한다.
그렇지 못하면 내가 잘못하는 것이다.
나는 비난받아야 한다. 내 잘못이다.'
당신은 다른 사람들에 대한 책임을 받아들임으로써
그 직접적인 결과인 죄책감, 비난, 원망
그리고 책임감이라는 무거운 짐에 짓눌려 고통받는다.
당신은 다른 사람들을 책임질 의무가 전혀 없다.
당신이 그렇게 선언하기만 하면 이런 감정들은 사라질 것이다.
그런데 왜 당신은 그렇게 하려 하지 않을까?
다른 사람들을 책임질 의무가 당신에게 전혀 없다고
선언하려면, 다른 사람들도 당신을 책임질 의무가
전혀 없다고 선언해야 하기 때문이다.

책임…

당신은 다른 사람들에 대한 기대를 완전히 버려야 한다.
이는 당신의 뜻대로 되지 않을 때
비난받아야 할 사람은 아무도 없다는 것을 의미한다.
당신이 원하는 것을 얻지 못할 때
비난받아야 할 사람은 아무도 없다.
이는 당신을 자기 자신에게로 돌려놓는다.
책임은 자기의 모든 행위, 모든 선택, 모든 결정은
반드시 뒤따르는 결과로 이어진다는 것을 아는 데 있다.
자기의 선택과 결정을 책임지고,
긍정적이든 부정적이든 지금 자기의 삶에서 일어나는
모든 것을 자신이 창조하고 있음을 보라.
이를 진실로 이해하고 받아들이면,
당신은 참된 책임을 지게 될 것이다.
자기의 삶에서 비난, 죄책감, 통제,
기대, 원망을 끝낼 것이다.
만약 아무도 당신에 대한 책임이 없고,
당신도 그들에 대한 책임이 없다면,
당신과 다른 사람들의 관계는 성질이 변할 것이다.
당신의 관계는 필요와 의무가 아니라
사랑과 현존에 기반을 둘 것이다.

책임의 참된 의미

책임에는 네 가지 측면이 있다.
지금 당신의 삶에 네 가지 면이 모두 있다면
당신은 정말 스스로 책임지고 있다고 말할 수 있다.
첫째, 지금 이 순간에 무슨 일이 일어나든
그 일에 자연스럽게 반응할 수 있어야 한다.
반응과 대응에는 차이가 있다.
반응은 그 순간에 일어난다.
당신은 현존하며, 그 순간 일어나는 일에 반응한다.
대응은 현재가 아니라 과거에 기반을 둔다.
대응할 때 당신은 더이상 현존하지 않는다.
당신은 과거의 일을 재현하거나 재생하고 있으며,
그것을 무의식적으로 현재로 투사하고 있다.
현존할 때 당신은 자연스럽게 반응할 것이다.
이는 당신의 참된 본성이지만
당신은 이와 동떨어지게 길들여졌다.
배고프면 먹어라. 목마르면 마셔라.
외로우면 친구에게 연락하라.
아주 단순하다.
개를 데리고 산책을 나가 보라.
개는 자연스럽게 반응하는 법을 가르쳐 줄 것이다.

책임의 참된 의미…

둘째 측면은 자기의 반응을 완전히 책임지는 것이다.
당신은 살아가면서 사람과 사건에
계속해서 감정적으로 대응한다.
기분이 상하거나 화가 나거나 오해받는다고 느낀다.
사랑받지 못한다고 느끼거나 슬픔을 느낀다.
그리고 그것은 늘 다른 사람의 잘못 때문이라고 여긴다.
다른 누군가가 비난을 받아야 한다고 여긴다.
당신이 보이는 대응은 어쨌든 그들에게 책임이 있다고 여긴다.
당신은 자기의 대응이 거의 전적으로
자기의 과거 경험과 길들여짐에 기인한다는 것을
깨닫지 못한다.
당신이 어린 시절에 겪은 경험들은
현재의 삶과 다른 사람들에 대한 경험을
무의식적으로 결정하고 규정한다.
당신은 과거를 지금 이 순간으로 투사한다.
당신의 감정적 대응에 책임 있는 사람은 아무도 없다.
비난받아야 할 사람은 아무도 없다.
그런데 그렇다면, 물론 당신도
다른 사람들의 대응에 대한 책임에서 해방된다.

책임의 참된 의미…

셋째 측면은 자신이 원하는 것을 얻는 일에
스스로 책임지는 것이다.
이는 자신이 무엇을 원하는지 알아야 한다는 뜻이다.
자신이 원하는 것을 아는 것은
대개 어떤 느낌에 대한 반응이다.
예를 들어, '나는 배고픔을 느낀다. 나는 음료를 원한다.'
자기가 원하는 것이 무엇인지를 정말로 아는 사람은 몹시 드물다.
왜냐하면 그들은 현존하지 않기 때문이다.
그것은 그들이 지금 원하는 것이 아니며, 미래에 바라는 것이다.
원함은 즉각적이고 실제적이며,
마음이 아니라 지금 이 순간에서 일어난다.
만약 원하는 것이 마음에서 일어나면,
그것은 과거에 결핍된 것을 채우려는 욕망이며,
당신은 그것이 미래에는 자신을 충족시켜 줄 것이라고 상상한다.
일단 자기가 원하는 것이 무엇인지를 알면,
그것을 얻는 것은 당신의 책임이다.
만약 그것을 얻는 일이 다른 사람과 연관되어 있다면,
당신이 원하는 것을 요청하고 기꺼이 타협하라.
만약 그것을 얻는 일이 다른 사람과 연관되어 있지 않다면,
그냥 얻어라. 무엇이 당신을 가로막는가?

책임의 참된 의미…

보통 우리는 기대를 품고서 살아가지만
잘 표현하지 않으며,
결과가 기대에 못 미치면 분개하는데,
곪아서 분노가 되고 증오가 될 때까지
분개한 마음을 감춘다.
기대는 다른 사람들에게 책임을 지운다.
어느 누구도 당신의 기대에 부응하기 위해
여기에 있는 것은 아니다.
당신 역시 다른 사람들의 기대에 부응하기 위해
여기에 있는 것이 아니다.

넷째, 당신이 깨어나는 것은 당신의 책임이다.
이는 당신이 현존하든, 마음의 과거와 미래 세계에 몰두하든,
그것은 당신의 책임이라는 뜻이다.
깨어나는 것은 당신의 궁극적인 책임이다.
그리고 일단 깨어나면,
계속 깨어 있는 것은 당신의 책임이 되는데,
이 책임에는 지금 여기에 있기를 기억하는 것이 포함된다.
그리고 마음속에서 길을 잃지 않는 것.
그것은 순간순간 기억해야 할 책임이다.

원망, 비난, 죄책감이라는 감정은
당신이 자기의 삶이나 자기 자신을
스스로 책임지고 있지 않음을 보여 준다.

• • •

남을 비난하는 것은
자기 자신을 스스로 책임지는 것보다
훨씬 쉬운 일이다.

• • •

비난은
우리가 자기 자신에 대한 책임을 회피하는
기본적인 방법 중 하나다.
비난은 당신을 과거에 가두어 놓는다.
비난을 계속하는 한, 현존할 수 없다.

여기에는 당신을 구원해 줄 사람이 아무도 없다.
당신의 구원자는 당신 자신이다.
모든 수준에서 자기 자신에 대한 책임을 받아들임으로써
자기를 구원한다.

• • •

다른 사람들에 대한 책임을 포기하고,
자기 자신에 대한 책임을 맡는 것은
혼자임으로 들어가는 것이다.
그런데 당신은 혼자임으로 들어가지 않으려 한다.

• • •

자유와 책임은 함께 간다.
책임 없이 자유를 누릴 수는 없다.
둘은 반드시 함께 간다.

두 개의 비밀 열쇠

원하는 것을 얻고
원하는 대로 할 수 있는
비밀 열쇠가 두 개 있다.
첫째 열쇠는
다른 사람들이 원하는 것을 얻고
원하는 대로 하도록 허용하는 것이다.
다른 사람들에게 그런 자유를 더 많이 허용할수록
당신도 그런 자유를 더 많이 누릴 것이다.
둘째 열쇠는
결과에 전혀 집착하지 않는 것이다.
그러면 당신에게는
원하는 것을 요청하고
원하는 대로 할 수 있는 절대 자유가 주어진다.
설령 당신이 그것을 얻지 못하더라도
문제 될 것이 없을 테니.

힘

마음의 수준에서, 우리는 무력함을 느끼고
힘을 얻어서 무력감을 회피하려 한다.
그러나 우리가 얻는 힘은 언제나
다른 사람들과의 관계 속에 있다.
우리는 어떤 사람들보다 더 힘이 있다고 느끼지만,
우리보다 더 힘 있는 사람들은 언제든지 있을 수 있다.
그래서 우리가 새로 얻은 힘은 매우 불안정하다.
다른 사람들과의 관계에서 얻은 힘은
진정한 힘이 아니다.
그것은 힘이라는 환상이다.
잠시 무력감을 덜어 줄 뿐이기 때문이다.
그것은 거짓된 힘이다.
참된 힘은 자기 안에서 발견할 수 있다.
그 힘은 당신 존재의 중심에서 일어나며
당신의 생명력이다.
그 힘은 주변의 다른 사람들이나 세상과는
아무 관계가 없다.
그것은 신의 힘이다.
그것은 하나의 힘이다.
더 깊이 현존할수록
이 힘의 원천과 더 많이 연결될 것이다.

다른 사람을 놓아주기
혼자임을 받아들이기

마음의 수준에서
당신은 늘 다른 사람과 얽혀 있다.
당신은 다른 사람을 사랑하거나 미워한다.
당신은 다른 사람에게 뭔가를 바란다.
당신은 다른 사람에게 뭔가를 기대한다.
당신은 다른 사람을 통제하거나 조종하려 한다.
당신은 다른 사람을 판단하거나 거부한다.
당신은 다른 사람을 원망하거나 비난한다.
또는 다른 사람에게 죄책감을 느낀다.
어떤 식으로든 당신은 다른 사람과 깊숙이 얽혀 있다.
그러면 때로는 즐겁지만 때로는 악몽과 같다.
그러나 한 가지는 확실하다.
당신은 혼자가 아니다.
마음의 수준에서 자기 존재의 중심으로 이동하려면
다른 사람과의 얽힘에서 풀려나야 한다.
다른 사람에 대한 기대, 원망, 비난
그리고 죄책감을 점차 놓아 버려야 한다.
그런데 다른 사람과의 얽힘을 놓아 버리고
자기 존재의 본성과 연결되기 전,
당신은 이도 저도 아닌 중간지대에 있다.

다른 사람을 놓아주기
혼자임을 받아들이기…

당신은 이제 다른 사람과 연결되어 있지 않지만
아직 자기 자신과도 충분히 연결되어 있지 않다.
그래서 외로운 느낌이 일어난다.
어디에도 속해 있지 않다는 느낌.
대다수 사람은 이 외로움을 잘 견디지 못한다.
당신은 돌아서서 다른 사람과 다시 연결된다.
그 관계에 아무리 문제가 많아도….
당신은 애정과 미움, 비난, 죄책감,
원망으로 다시 돌아간다.
외로운 것보다는 덜 고통스러우니.
적어도 익숙하니.
그래도 참된 자기를 향해 계속 여행하면,
마침내 자기 존재의 중심에 충분히 가까이 도달할 것이다.
그러면 외로운 느낌은 사라지고
하나임의 느낌으로 바뀌는데,
그 느낌은 놀랍도록 풍부하며 풍요롭게 한다.
더욱 현존할수록, 분리되어 있다는 환상은 사라지고
당신은 하나임의 경험에 열릴 것이다.

지금 이 순간 나는 혼자다.
육체적으로 혼자인 것은 아니다.
나는 혼자다.
나에겐 과거가 없으니.
나에겐 생각이나 감정이 없다.
나는 그저 지금 이 순간 여기에 있다.
침묵 속에.
그리고 나는 혼자다.

• • •

혼자임과 외로움을
혼동하지 말라.

• • •

당신이 혼자임을 향해 나아갈 때,
현존 수준의 사랑이 떠오를 것이다.
그 안에서 기뻐하라.

필요로 하는 사랑

우리는 서로 의존하도록 깊이 길들여졌다.
수많은 노래와 소설, 시, 영화는
필요에 기초한 사랑을 미화하고 찬미한다.
서로를 발견하고 사랑에 빠진다는 이야기들.
서로를 원하고 필요로 하는 사랑은
우리에게 부단히 강조되고 주입되고 있으며,
바람직하며 괜찮은 행위로 계속 제시된다.
영화가 끝날 때 연인의 사랑은 승리를 거두며
그들은 저녁노을 속으로 행복하게 걸어간다.
하지만 그 연인들이 서로 싫증나고
지겨워지고 뚱뚱해지고 불행해지고
서로 의존하고 분개하는 속편은 보여 주지 않는다.
충족을 위한 열쇠는
서로를 발견하는 데 있지 않으며
자기 자신을 발견하는 데 있다고
말해 주는 사람은 아무도 없다.
다른 사람에게서는 결코
자기 자신을 찾을 수 없다.

나누는 사랑

자기 자신을 발견하고
자신이 혼자임을 받아들이고 나면,
가장 큰 축복은
자기 안에서 일어나는 사랑을 나누는 것이다.
새로운 순간순간은
가장 풍부한 사랑의 기회를 선사한다.
사랑을 나누는 방법은 아주 간단하다.
부드럽고 다정하게 대하라.
배려하며 친절하게 대하라.
평범한 방식으로 사랑하라.
어떤 것도 돌려받으려는 생각 없이….
삶은 당신에게 가장 귀중한 선물을 준다.
당신이 지금 현존하고
사랑을 나누도록 허용하는 선물을….

• • •

침묵이 입구라면
열쇠는 사랑이다.

자기를 사랑한다는 것은
자기가 둘임을 암시한다.
사랑하는 자는 누구인가?
사랑받는 자는 누구인가?

· · ·

초월의 순간에는
사랑하는 자와 사랑받는 자가
사라진다.
남아 있는 것은 오직
사랑뿐.

· · ·

현존할 때
당신은 사랑으로 풍부하다.
당신은 사랑으로 흘러넘친다.
그것이 현존의 본성이며
사랑은 당신 존재의 향기다.

마음 수준의 사랑

마음의 수준에서,
우리가 사랑이라 부르는 것은 전혀 사랑이 아니다.
더 정확히 말하면 그것은 필요이며,
우리는 그것을 끊임없이 추구한다.
자신이 혼자임을 잠시 회피할 수 있게 해 주므로….
하지만 우리는 혼자다. 그래서 결국
마음 수준의 사랑은 실패하게 되어 있다.
그런데 이 실패는 커다란 축복이다.
당신이 혼자임으로 들어갈 가능성을 열어 주므로….
정말로 현존할 때 자신이 진정 누구인지는
오직 혼자임 속에서만 발견할 수 있다.
그러고 나면 필요에 기초하지 않은
완전히 새로운 사랑을 발견할 것이다.
그것은 당신의 본성이다. 그것은 현존할 때의 당신이다.
당신은 사랑으로 풍부하다. 당신은 사랑으로 흘러넘친다.
당신은 사랑이다. 그리고 사랑은 주위 어디에나 있다.
마음의 수준에서는 당신이 어떤 사람을 사랑할 때
그에게 무언가를 줄 수 있지만, 늘 어떤 보상을 바란다.
그것은 관심이나 깊은 애정, 소속감, 혹은 당신이
필요한 존재이며 특별한 사람이라는 느낌일 수도 있다.
그리고 그런 보상이 주어질 것 같지 않으면,
홀연히 사랑이 사라진다.

조건 없는 사랑과 받아들임

우리는 모두 조건 없이 사랑받고 받아들여지기를 원한다.
이는 우리 안에 있는 깊은 갈망이지만,
부모는 그 갈망을 채워 주지 못했다.
그래서 우리는 여전히 그것을 갈구한다.
우리는 다른 사람에게 사랑받고
받아들여지기를 끊임없이 추구하지만,
실은 모두가 똑같이 딱한 처지에 있다.
모든 사람이 사랑받고 받아들여지기 위해
자기 바깥을 바라보고 있는 것이다.
당신이 조건 없는 사랑과 받아들임을 받고 싶어 하는
그 사람들은 한 번도 그것을 경험한 적이 없다.
그러니 그들이 어떻게 당신에게 그것을 줄 수 있겠는가?
자신이 한 번도 경험하지 못한 것을 다른 사람에게 줄 수는 없다.
원하는 것을 얻지 못할 때 당신은 화가 나고 원망하기 시작한다.
다른 사람에게 사랑받고 받아들여지기를 원하는 한,
당신은 충족되지 않을 것이다.
현존할 때 당신은 사랑이다. 받아들임이다.
다른 사람에게 사랑받고 받아들여지고 싶어 한다면,
그 순간 당신은 현존하고 있지 않다.
자신이 진정 누구인지를 잊어버렸다.

현존에서 일어나는 사랑

현존에서 일어나는 사랑에는 관계가 없다.
어떤 사람이나 어떤 것과도 관계를 맺지 않는다.
그 사랑은 무엇이든 지금 앞에 있는 것과
순간순간 관련될 뿐이다.
그게 친구든 강아지든 꽃이든 나무든,
현존에서 일어나는 사랑은 그것을 향해 확장된다.
그 사랑은 그것을 품을 것이다.
어떤 사람이나 어떤 것이 앞에 나타나면
그 사람이나 그것도 품을 것이다.
당신이 고개를 돌렸을 때 먼 산이 보이면
그 산도 품을 것이다.

현존에서 일어나는 사랑의 힘보다
더 큰 힘은 없다.
그 사랑의 힘은 모든 저항을 이긴다.

• • •

당신이 현존할 때
일어나는 사랑은
가리거나 배제하지 않는다.
그 사랑은 지금 당장
앞에 있는 것이면 무엇이나,
그리고 지금 당장 앞에 있는 그것만을 품는다.
그 사랑은 기억이 없다.

• • •

존재의 수준에서
당신은 사랑으로 풍부하다.
당신은 사랑으로 흘러넘친다.
그것은 당신 존재의 본성이다.

당신이 다른 사람을 사랑한다면,
그것은 당신이 사랑임을 뜻한다.
사랑의 대상에 빠져 길을 잃지 말라.

• • •

당신은 사랑이다.
그것은 진실이다.
누구를 사랑하든 무엇을 사랑하든
그 진실은 변함이 없다.

• • •

현존 안에서 근본적으로 깨어 있다면,
당신은 판단, 두려움, 욕망 없이 산다.
세상에서 사랑으로서 살아간다.

사랑은 주는 것이다.
사랑은 어떤 보답도 바라지 않는다.
사랑은 풍부하다.
사랑은 부족을 모른다.

· · ·

당신은 사랑을 붙잡을 수 없다.
당신은 진실을 붙잡을 수 없다.
사랑과 진실은 지금 이 순간에 속한다.
이 순간의 사랑과 진실을 놓아주어라.
그러면 다음 순간에 당신을 기다리고 있는
사랑과 진실을 발견할 것이다.
신의 깊은 두 친구처럼.

· · ·

자녀에게 느끼는 사랑을
개에게도 똑같이 느낄 수 있다면,
당신은 도착했다.

네 이웃을 너 자신처럼 사랑하라

"네 이웃을 너 자신처럼 사랑하라."*
당신의 이웃은 당신 자신이기 때문이다.
당신의 이웃에는
종교, 인종, 국적에 상관없이
모든 살아 있는 인간이 포함된다.
당신의 이웃에는 모든 산, 꽃, 나무,
모든 새, 동물, 바다 생물이 포함된다.
오직 하나만 있으며,
물질적 형태로 있는 모든 것은
그 하나의 표현이다.

* 레위기 19장 18절 등 성서에 나오는 구절.— 옮긴이

현존에서 일어나는 사랑은
구름 없는 깜깜한 밤의 보름달과 같다.
그 사랑은 모든 것 위에 빛을 뿌린다.
어떤 구별이나 차별 없이.

• • •

신과 지금 이 순간은
사랑, 감사, 너그러움, 겸손에
가장 온전히 반응한다.

• • •

온전히 현존할 때,
당신은 이원성을 초월하여 하나임으로 열린다.
현존에는 반대되는 것이 없는 힘이 있다.
미움 없는 사랑, 판단 없는 받아들임,
통제 없는 허용이 있다.

관계

관계는 그 성질상 과거와 미래에 기반을 둔다.
관계는 마음속에 관념적 구조물로서 존재한다.
우리는 관계 안에 있을 때 더 안전하다고 느낀다.
왜냐하면 우리와 관계를 맺고 있는 사람들이
미래에 우리를 위해 거기에 있어 주어,
우리가 혼자임의 고통을 피하도록
도와줄 것으로 믿기 때문이다.
관계는 우리가 분리의 고통을,
아무도 진정으로 현존하지 않는 세상에서
살아가는 고통을 피하도록 돕는다.
그러나 이 회피의 메커니즘은 당신을
현존에서 데리고 나와 마음속에 가둘 것이다.
그러면 당신은 과거에 사로잡힐 것이다.
당신은 과거의 불완전한 관계,
특히 어머니, 아버지와의 관계를
현재의 관계에 투사할 것이다.
치유되지 않은 모든 상처와
채워지지 않은 모든 필요를 자기의 관계에 투사할 것이다.
그러면 당신의 관계는 기대, 원망, 비난, 죄책감,
판단과 통제의 문제들로 오염된다.

순간순간 관련됨

순간순간 관련됨*은 오직 이 순간에만 가능하다.
과거는 없다. 미래도 없다.
순간순간 관련됨에는 과거를 지금으로 투사함이 없다.
미래에 일어날지도 모르는 일에 대한 걱정도 없다.
누군가와 순간순간 관련될 때, 당신은 현존한다.
당신은 순간순간 자연스럽게 반응하며
어떤 기대도 하지 않는다.
순간순간 관련됨에는 집착도 없다.
과거나 미래가 아니라 지금 이 순간에 관심을 두기 때문이다.
이는 당신이 어떤 사람과 함께 살 수 없거나
삶을 함께할 수 없다는 뜻이 아니다.
단지 관계보다는 순간순간 관련됨에 훨씬 중점을 둔다는 뜻이다.
순간순간 관련됨은 상대방을 소유한다는 의식이 없다.
관계가 안전하게 지속되리라는 보장도 없다.
당신은 지금 자기와 관련되는 사람이
미래에도 당신을 위해 그 자리에 있어 주리라고 확신할 수 없다.
하지만 그럴 때 당신은 더 생생히 살아 있고 활기 넘치게 된다.
순간순간 관련됨은 당신을
알지 못하는 영역의 가장자리에 있게 한다.
순간순간 관련됨은 서로를 당연하게 여기지 않게 한다.

---

* 고정된 관계와 달리 그때그때 순간순간 관련되는 것을 뜻한다. '관계'가 명사라면 '관련됨'은 동사다.— 옮긴이

순간순간 관련됨의 가치

예전에 더 높은 의식을 추구하던 사람들은
모두 산이나 수도원 혹은 아쉬람으로 가야 했다.
사회가 관계의 대안으로서 순간순간 관련되는 공간을
허용하려 하지 않았기 때문이다.
관계에 매여 있는 사람들에게
순간순간 관련됨은 너무나 불온해 보인다.
그러나 이제는 사회가
순간순간 관련됨의 가치를 배워야 할 때다.
우리의 깨어 있는 존재들이
사회를 떠나는 것은 이제 더는 충분하지 않다.
더 높은 의식은 우리의 일상생활에 통합되어야 한다.

새로운 순간순간

새로운 순간순간은
분명히 의식하면서 선택할 기회를 준다.
우리는 과거를 놓아 보내기를 선택할 수 있다.
지금 여기에 있기를 선택할 수 있다.
스스로 책임지기를 선택할 수 있다.
비난과 죄책감, 기대와 원망을 그만두기를 선택할 수 있다.
통제의 패턴을 포기하기를 선택할 수 있다.
우리의 몸과 환경을 존중하고 보살피기를 선택할 수 있다.
우리는 신의 모든 창조물—특히 우리가 동물이라고
부르는, 깨어 있고 현존하는 존재들—과
우리 서로를 사랑과 자비로 대하기를 선택할 수 있다.
우리는 깨어나기를 선택할 수 있다.
아니면 계속 잠든 채 무의식적으로 살기를 선택할 수도 있다.
어느 쪽을 선택하든 우리는 선택에 따르는
결과들에 따라 살아야 할 것이다.
그런 식으로 우리는 스스로 책임진다.

알려지지 않은 것과 더불어 살기

관계에서는
서로를 소유함으로써 안심하게 된다.
그는 나의 것이다. 그녀는 나의 것이다.
이 소유 의식은 당신을 죽이고 관계를 죽인다.
소유 의식에는 통제와 속박, 제한이 따르며
그럴 때 당신은 삶에 무감각해진다.
자신이 알지 못하는 상태로 살도록 허용할 때만
당신은 삶에 열려 있게 되고
온전히 살아 있음을 느끼게 된다.
새로운 순간순간은
알려지지 않은 것을 잉태하고 있다.
알려지지 않은 것과 더불어 살 수 있다면
머지않아 당신은 알 수 없는 그것 속으로
들어올 것이다.

죽음, 삶의 일부

죽음은 삶의 필수적인 부분이다.
죽음을 피해 달아나면 삶을 놓칠 것이다.
기꺼이 계속해서 죽으려 해야 할 것이다.
지금 이 순간으로 더 완전히 들어가려면
순간순간 과거에 대해 죽는다는 뜻에서….
그렇게 죽지 않으면 온전히 살아 있음을 느낄 수 없다.
죽음과 죽는 것을 두려워하면
과거에 대해 죽으려 하지 않을 것이다.
삶과 현실이 존재하는 지금 이 순간으로
들어올 수 없을 것이다.
당신이 과거를 붙잡고 있는 까닭은
과거는 당신에게 알려졌기 때문이다.
당신은 과거에 익숙하다.
당신은 알려진 것이 더 안전하다고 느낀다.
그러나 죽음은 결코 끝이 아니다.
죽음은 그저 낡은 것과 알려진 것의 끝을 의미할 뿐이다.
죽음은 또한 새로운 것의 도착을 알린다.
그리고 새로운 것은 그 성질상
알려지지 않을 수밖에 없다.

알려지지 않은 것에 대한 두려움

당신은 알려진 것에 집착하며
알려지지 않은 것을 두려워한다.
이는 알려지지 않은 것을 처음 겪은
탄생의 경험에서 연유하는데,
당신은 그 경험에서 완전히 회복된 적이 없다.
삶의 시작인 잉태부터 탄생할 때까지
당신의 유일한 경험은 어머니의 자궁이었다.
그곳은 더할 나위 없이 안전하게 느껴졌다.
당신에게 필요한 모든 것이 주어졌다.
어머니는 당신을 먹였고,
당신을 위해 숨을 쉬었고, 음식을 소화해 주었고,
피를 순환시켰고, 당신을 보호해 주었다.
어머니는 모든 면에서 당신과 완전히 연결되어 있었다.
기분이 좋았다. 낙원 같았다.
당신이 아는 전부가 그곳이었기에
그곳은 영원한 낙원처럼 보였다.
하지만 당신은 낙원에서 내던져졌다.
태어났다. 알려지지 않은 것 속으로.
몹시 충격적인 경험이었다.
태어날 때 분리되던 경험은 너무나 강렬해서
당신은 아직도 분리되어 있다고 느낀다.

알려지지 않은 것에 대한 두려움…

편안히 이완할 수 있었다면,
연결되어 있는 느낌을 점차 회복했을 것이다.
그리하여 알려지지 않은 것에 대한 첫 경험이
충격적이긴 했지만, 사실은 그로 인해
세계가 더욱 넓어졌다는 것을 배웠을 것이다.
그로 인해 더 많은 것과 연결될 수 있었다.
당신은 그저 자기에게 너무 작아져 버린 자궁에서
더 큰 자궁으로 이동하고 있었다.
존재의 자궁.
그러나 당신은 그 이동을 끝마치지 못했다.
당신은 긴장했다. 움츠러들었다.
안전하다고 느끼지 않았다.
그래서 안전이 보장되지 않은,
알려지지 않은 것에 대한 두려움을 갖게 되었다.
당신은 알려지지 않은 것에
다시 한 번 기회를 주어야 한다.
그러면 알려지지 않은 것이 언제나
더 확장되고 성장하게 한다는 것을 알게 될 것이다.
알려진 것만을 선택하면 작아지고 무감각해진다.

과거를 놓아 버리기

과거의 경험들이 갇혀 있고 여전히 당신에게 남아 있는 이유는
당신이 그 당시 경험과 연관된 감정을
충분히 느끼도록 자신에게 허용하지 않았기 때문이다.
어린아이였던 당신이 다루기에는 그런 감정들이 너무나 컸다.
그래서 그 경험과 감정은 무의식 수준에서
계속 억눌린 채로 내면에 남아 있다.
이런 감정들은 때로는 전생들에서 유래할 수도 있다.
과거의 이런 감정들이 경험되도록 자신에게 허용하면
그 경험은 끝나고 풀려날 수 있다.
만약 어렸을 때 어떤 이유로 아버지에게 화가 났지만
화를 억눌렀다면, 그 화는 아직 당신 안에 있으며
때때로 부적절하게 표출될 것이다.
당신은 아버지에 대한 화를 다른 사람들에게 투사할 것이다.
하지만 만약 아버지가 앞에 있다고 상상하면서 그 화를
올바른 방식으로 표현하면, 과거의 화는 풀려날 수 있다.
당신은 한 번에 두 가지 역할을 해야 할 것이다.
한편으로, 당신은 화가 표면에 떠오르도록
허용하면서 화를 충분히 표현하고 있다.
어린아이일 때 아버지에게 하지 못한 모든 말을
아버지에게 하고 있다. 당신에게 상처 준 일에 대해
아버지에게 책임을 묻고 있다.

과거를 놓아 버리기…

다른 한편으로, 당신은 온전히 현존하여
화가 드러내는 이야기에 전혀 동일시하지 않는다.
당신은 그 화가 과거의 것이며
지금 이 순간과는 아무 관계가 없음을 안다.
분노, 슬픔, 무력감, 두려움,
불안과 무가치함 같은 감정도 마찬가지다.
어떤 경험과 연관된 감정을 느끼지 못하도록
차단해 버리면, 당신의 일부가 억압되며,
그 감정은 평생 지속될 수 있다.
과거의 이런 감정들이 경험되고 표현되도록 허용하면
굉장한 활력과 생생히 살아 있음을 느낄 때가 많다.
그런 감정들을 억누르는 데 쓰이던 모든 에너지가
갑자기 풀려나기 때문이다.
화, 슬픔, 분노, 무력감 또는 절망감이
온전히 표현되도록 허용하면서도
그 감정에 동일시되어 휩쓸리지 않을 수 있다.
그 어떤 감정도 심각하게 받아들이지 말라.
그 감정은 지금 이 순간의 현실과는 아무 관계가 없다.
어떤 감정도 두려워할 필요가 없다.
사실, 두려움은 이런 감정을 회피하기 때문에 일어난다.
감정들을 느끼고 표현하라.
그러면 두려움과 걱정이 사라질 것이다.

이해 너머

마음속에 있을 때
당신은 모든 것을 이해하고 싶어 한다.
이해할 때는 자신이 통제하고 있다는 느낌을 받기 때문이다.
하지만 진실은 마음의 이해 능력 너머에 있다.
당신은 진실을 이해할 수 없다.
진실을 알 수 있을 뿐이다.
그 앎은 당신 존재의 중심에 있는 침묵에서 일어난다.
그 앎은 당신이 참으로 현존할 때 일어난다.
이 순간 앎이 일어나면, 조심하라.
마음은 그 앎을 자기 것이라 주장하며
자기가 많이 안다고 여길 것이기 때문이다.
마음이 관리할 수 있는 것은 대개 그 앎의 기억이다.
이해하고 싶은 욕구는 당신을
현존에서 데리고 나와 마음속으로 데려간다.
이해하고 싶은 욕구는 당신 안에 늘 현존하는
진실의 근원으로부터 당신을 분리시킨다.

마음의 으뜸가는 목적은
살아남는 것이다.
축하합니다!
당신은 살아남았습니다.
이제 당신의 마음은 무엇을 할까?

· · ·

마음의 수준에서, 당신은
이원성의 세계에 존재한다.
현존의 수준으로 깨어나려면
이원성을 넘어서야 한다.
이원성을 넘어서려면
이원성이 당신 안에서
균형 잡히게 해야 한다.

· · ·

마음은
천 개의 해답을 찾기 위해
천 개의 문제를 만들어 낼 것이다.

마음의 많은 부분으로부터
현존의 통합으로

마음의 수준에서, 당신은
수많은 상충하는 부분으로 나뉘어 있다.
자신이 사랑스럽지 않다고 생각하는 부분과
사랑받지 못한다고 느끼는 부분.
자신을 비난하는 부분과
비난받는다고 느끼는 부분.
판단하는 부분과
판단받는다고 느끼는 부분.
자신을 강요하는 부분과
강요당한다고 느끼는 부분.
자신의 어떤 면을 거부하는 부분과
거부당한다고 느끼는 부분.
앞으로 나아가라고 말하는 부분과
뒤로 물러서라고 말하는 부분.
지루해하며 모험을 원하는 부분과
알지 못하는 것을 두려워하는 부분.
화가 나 있는 부분과
화를 억누르는 부분.

마음의 많은 부분으로부터
현존의 통합으로…

통제하고 싶어 하는 부분과
통제당한다고 느끼는 부분.
혼자 있고 싶은 부분과
사람들과 함께 있고 싶은 부분.
친밀한 관계를 두려워하는 부분과
혼자 있기를 두려워하는 부분.
이 모든 상충하는 부분이 있는 채로는
어떤 식으로든 해결될 가능성이 거의 없다.
자아의 많은 부분을
마음과 **현존**이라는 두 부분의 이원성으로 좁히면,
문제를 해결하기가 훨씬 쉬워진다.
현존은 마음을 받아들이며,
그렇게 받아들여질 때
마음은 스스로 **현존**에 내맡긴다.
완전한 내맡김의 순간에
마음은 사라지고 오직 **존재**만이 남는다.
이원성이 초월된다.
하나임이 드러난다.

과거를 치유하기

지금 이 순간에는
참된 과거와 참된 미래가 담겨 있다.
당신은 지금 이 순간이라는 입구를 통해
과거로 다가갈 수 있으며
깊은 치유가 일어날 수 있다.
당신은 올바른 안내를 받아
과거를 변화시킬 수도 있다.
과거를 끝마칠 수 있다.
과거를 놓아줄 수 있다.
하지만 오직 깨어난 현존의
가장 깊은 수준에서만 그럴 수 있다.

집으로 돌아오는 여행

집착들을 포기할 때,
과거에 관여하기를 포기할 때,
나 자신을 다른 사람들에게서 찾으려는 노력을 포기할 때,
나는 내 존재의 고요한 현존으로 돌아온다.
나는 빛과 사랑으로 넘쳐흐른다.
그러나 내가 특별하다고는 한순간도 생각하지 말라.
집으로 돌아오는 여행을
하고 싶은 사람이면 누구나 그럴 수 있다.
당신 존재의 내면의 집으로….
그 길을 끝까지 갈 필요도 없다.
몇 걸음만 걸으면
당신의 삶 전체가 변하기 시작한다.
몇 걸음만 걸어 보면,
내 말이 진실하다는 것을 알게 되고,
더 여행하고 싶어질 것이다.

뒤돌아봄

과거를 돌아보아야 한다면
이해와 연민으로 뒤돌아보라.
당신의 부모는 조건 없는 사랑과 받아들임을
줄 수 없었는데, 당신이 정말로 원한 것은 그것이었다.
당신이 가장 원한 것은 그것이었다.
오직 그런 사랑과 받아들임만이
안전하다고 느끼며 안심하게 할 수 있었으니.
그것은 당신의 모든 욕망이 나오는 근원이다.
당신은 그런 사랑과 받아들임을 받지 못했다.
우리는 오직 아는 것만을 나누어 줄 수 있다.
당신의 부모는 조건 없는 사랑과 받아들임에 관해
아무것도 알지 못했다. 당신의 부모 역시
부모에게 한 번도 받아 보지 못했으므로.
당신 부모의 부모 역시 받아 본 적이 없다.
그러니 이제 당신은 알 수 있을 것이다.
아무도 비난받을 수 없다는 것을….

뒤돌아봄…

그냥 그런 일이 일어났다.
집단적 수준의 무의식이 그 정도였으므로….
당신이 지금 할 수 있는 일은
오직 자기의 깨어남을 책임지는 것이다.
그때 무의식의 사슬이 끊어질 것이다.
적어도 당신에게는….
그리고 충분히 많은 사람이 깨어나기 시작하면,
소수일지라도 그 일은 집단적인 수준에
충격을 가하기 시작할 것이다.
그러니 당신은 어떻게 하려는가?
화와 원망, 채워지지 않은 욕구들로 가득한 채
계속 뒤만 바라보겠는가.
아니면 지금 여기에 현존하겠는가.
지금 여기에서는 당신에게
모든 것이 주어질 수 있으므로.
사랑, 진실, 자비, 침묵, 더없는 행복,
그리고 하나임.

지금 이 순간을 살기

마음은 추상적인 미래의 것들을 위해 살기를
선택하지만, 그런 것들을 위해 살지 말고
지금 이 순간을 살기 시작하라.
실재하는 것은
무엇이든 지금 이 순간 여기에 당신과 함께
실제로 있는 것이다.
자연은 풍부하다.
자연에는 당신이 함께 현존할 것이
차고 넘치도록 많다.

책임

자기 자신을 책임지는 법을 배우면
이 행성을 책임지기 시작할 것이다.
이 행성이 파괴되고 있는 까닭은
우리가 책임지기를 포기했기 때문이다.
우리는 이 행성을 소유하고 있다고 생각한다.
그래서 마음대로 할 권리가 있다고 여긴다.
이 아름다운 행성은 우리의 소유물이 아니다.
우리는 손님일 뿐.

씨앗

현존 안에서
더 많은 순간을 보내려면
생활을 조정해야 할 수도 있다.
우리는 거의 항상 마음의 영역에서 살고 있다.
때로는 근본적으로 조정해야 하지만
그것은 당신에게 달려 있다.
지금 여기에 현존하면
현존의 씨앗이 자라나 꽃을 피우고,
당신의 존재가 활짝 피어난 꽃에는
진정한 보물들이 담겨 있다.
사랑, 빛, 진실, 자비,
더없는 행복 그리고 하나임.

• • •

꽃 둘레에 있는 잡초를
뽑아야 할 것이다.
꽃이 활짝 피어나게 하려면….

나는 당신에게 무엇을 하라고 말하는 것이 아니다.
나는 마음의 활동을 판단하지 않으며,
그런 활동을 멈추어야 한다고
제안하는 것이 아니다.
내 말은 단지, 현존하면
현존의 씨앗이 잘 자랄 수 있다는 것이다.

• • •

현존의 씨앗은
지금 여기에서 자란다.
다른 곳에서는 자랄 수 없다.
꽃씨가 흙에서만 자라듯
현존의 씨앗은
오직 지금 여기에서만 자랄 것이다.
지금 여기는
현존의 씨앗이 자라는 흙이다.

씨앗과 꽃

깨어날 때
당신 존재의 꽃을 경험하기 시작할 것이다.
그러나 당신 존재가 활짝 피어난 꽃은
너무나 거대하여 오래 껴안고 있을 수 없다.
꽃은 놓아두고
씨앗을 껴안아야 한다.
때가 되면 씨앗은 자라나 꽃이 되고
마침내 꽃은 완전히 피어날 것이다.
이제 나는 극소수의 사람들만 알고 있는 것을 말하려 한다.
꽃이 활짝 피어나서
당신이 그 꽃을 완전히 살고 표현하고 경험하면,
그 꽃은 두 번째 꽃으로 교체될 텐데,
그것은 처음 꽃보다도 훨씬 거대하다.

서두르지 말라

서두르지 말라.
꽃이 자라는 것을 지켜보라.
꽃은 서두르지 않는다.
꽃은 자기를 다른 꽃들과 비교하지 않는다.
꽃은 다른 어떤 색이나
어떤 모습이 되려 하지 않는다.
꽃은 피려고 애쓰지 않는다.
알맞은 조건만 주어지면
꽃은 활짝 피어날 것이며,
꽃은 그러리라는 것을 신뢰한다.
그러니 그저 편안히 쉬면서
무엇이든 이 순간 당신과 함께 여기에 있는 것과
함께 현존하라.

생각하는 데에는 문제가 없다

생각하는 데에는 문제가 없다.
마음의 세계로 들어가는 데에도 문제가 없다.
자신이 환상의 세계로 들어가고 있음을 알기만 한다면….
지금 이 순간만이 삶의 진실임을 알면.
시간의 세계에서 생각과 기억, 상상을 가지고 놀 수 있다.
즐겨라. 하지만 조심하라!
그 세계에서는 길을 잃기 쉬우니.

이제는 깨어날 때

이제는 인류가 집단적인 수준으로 깨어날 때다.
깨달음은 이제 더이상 세상에 참여하지 않는
선택받은 소수만을 위한 것일 수 없다.
우리가 집단적인 수준으로 깨어나려면
세상에서 알맞게 살아가는 법을 배워야 할 것이다.
이는 완전히 깨어난 상태의 시간 없음과
시간의 세계 사이에서
균형을 찾아야 한다는 뜻이다.

당신은 집에서 살고 있지만
참된 집은
당신 안에 있다.

• • •

완전히 현존하게 될 때 비로소
참된 집이 자기 안에 있음을
발견하게 될 것이다.
더는 자기 바깥에서 집을 찾으려 하지 않을 때
존재 전체가 당신의 집이 된다.
당신의 집은 한계가 없다.
당신은 우주의 집에 있다.

• • •

당신에게는
거대한 가족이 있다.
확대된 가족.
존재 전체가
당신의 가족이다.

존재를 신뢰하기

당신이 깨어나면, 그리고
계속해서 더 깊은 수준들로 깨어날 때는
현존의 수준에 알맞은 환경을 찾고 만들어라.
자기에게 알맞은 것을 찾아라.
당신의 삶이 참된 자기의 표현이게 하라. 선언이게 하라.
자기 자신을 다른 사람과 비교하여
얻어지는 것은 아무것도 없다.
당신의 존재가 자기의 방식대로
스스로 펼쳐지며 표현되게 하라.
그런데 어려운 점은, 당신은 그것이
정확히 무엇인지를 모른다는 것이다.
존재를 깊이 신뢰하면서
자기의 삶이 펼쳐지도록 허용해야 한다.
마음의 수준에서 당신에게 알맞았던 것이,
현존의 수준에서는 더이상 알맞지 않을 수 있다.
그것이 알맞지 않게 될 것이라는 말이 아니라,
당신이 그것을 붙잡을 수 없게 된다는 말이다.
그럴 때면 마음에는 두려움과 불안이 생기지만,
존재에는 유쾌함과 자유가 생긴다.

이런 말이 있다.
"세상에 있되,
세상에 속하지는 말라."
세상에 속하지 않는다는 말은
무엇에도 집착하지 않는다는 뜻이다.
시간의 세계에서 펼쳐지는 이야기에
동일시하지 않는다는 뜻이다.

• • •

내가 이 세상에 속하지 않는다면
나는 무엇에도 집착하지 않는다.
사람이나 사물에도.
결과에도.
원함은 나를 세상 속으로 데려간다.
원하지 않음도 나를 세상 속으로 데려간다.
나를 이 세상에 속하게 하는 것은
나의 집착들이다.

천진한 존재들만이
땅 위의 천국을 경험할 수 있다.
죄의 있고 없음과는
아무 상관이 없다.
천진한 사람은 기꺼이
알지 못하는 상태에 있고자 하는 사람이다.

• • •

욕망은 당신을 미래로 데려간다.
당신은 결코 미래에 충족될 수 없다.
오직 지금에만 충족될 수 있다.

• • •

모든 집착은 당신이 현존하지 못하게 한다.
지금 이 순간에는 어떤 것도 붙잡을 수 없고
어떤 것과도 동일시할 수 없다.
당신은 그저 여기에 있고,
지금 있는 것과 함께 현존한다.

경계를 넘어서기

개인의 정체성을 느끼려면 자기의 경계들을 인식해야 한다.
신체는 그런 경계 가운데 하나다.
에너지 몸도 하나의 경계다.
본질적인 자기를 강하게 의식하는 힘 있는 개인이 되려면,
자기의 경계들을 잘 보수하며 유지하는 것이 필수적이다.
당신을 침범할 권리가 있는 사람은 아무도 없다.
낭신의 경계들 속으로 침입할 권리가 있는 사람은
아무도 없다. 그런 행위는 당신을 침해하는 것이며,
당신의 정체성에 혼란을 일으킬 것이다.
외부의 영향력과 에너지가 당신에게 침투하여
정체성에 대한 지각을 오염시키면, 당신은
본질적인 자기와 접촉을 잃기 시작할 것이다.
자기의 경계들이 분명하고 손상되지 않은 사람들만이
현존의 상태로 깨어날 수 있으며,
그 상태에서 경계들이 해체되기 시작한다.
자기 경계들을 온전히 지키고 유지하는 사람들만이
모든 것의 **하나임**으로 깨어날 수 있다.
하나임으로 오려면 우리는 서로 분리되어야 한다.
우리 존재의 역설적 성질이 그렇다.

오직 당신

당신 존재의 내적 차원은
원래 깨끗하며 어수선하지 않아야 한다.
우리는 많은 방식으로 서로 침범한다.
우리의 필요와 기대로 침범한다.
우리의 판단으로 침범한다.
우리의 비난으로 침범한다.
우리의 이야기들로 침범한다.
우리의 믿음들로 침범한다.
이런 것들을 자기에게서 깨끗이 치울 때
당신은 가장 깊은 수준의 내적 침묵으로 열릴 것이다.
신은 당신이 온전하기를 원한다.
신은 당신이 순수하기를 원한다.
신은 당신이 완전히 현존하기를 원한다.
그리고 신은 당신이 침묵하기를 원한다.
당신이 자기 안에 있는 침묵의 한가운데에서
신의 살아 있는 **현존**을 경험하기 시작하는 것은
현존과 침묵 안에서다.

당신이 믿는 천국은
마음의 천국이다.
그것은 환상이다.
천국은 지금 가능하다.
사실, 천국은 오직 지금에만 가능하다.

• • •

모든 경험의 너머에서
나는 경험하는 자다.

• • •

아는 자는
알지 못하는 상태로 산다.

초월의 순간에는
내가 사라지고 신만이 남는다.
하지만 그런 순간들이 지나면
나는 신이 아니고,
신의 아들도 아니다.
나는 그냥 나다.
그러나 나는 안다.
신이 있음을,
내가 있음을,
신과 내가 하나임을….
그리고 존재 전체가 축하하며 기뻐한다.

• • •

누군가가 완전히 깨어날 때마다
집단적인 수준에서
인간 의식에 영향을 미친다.
마치 어둡고 뿌연 연못에
돌멩이 하나를 떨어뜨리듯이.
빛의 파문들!
한마디 말도 필요 없다.

최고의 기도

최고의 기도는
현존하면서 자기 자신을 신에게 드리는 것이다.
당신의 눈을 드려라.
신이 저녁노을을 볼 수 있게.
또는 한 송이 꽃을,
살랑거리며 땅으로 내려앉는 나뭇잎을.
신에게는 당신의 눈 말고는
다른 눈이 없으므로….
당신의 귀를 드려라.
새들이 지저귀는 소리를 신이 들을 수 있게.
또는 어린아이의 웃음소리를,
개구리가 연못으로 첨벙 뛰어드는 소리를.
신에게는 당신의 귀 말고는
다른 귀가 없으므로….
당신의 손을 드려라.
신이 주름진 고목 껍질을 만질 수 있게.
또는 흐르는 강물의 시원함을 느낄 수 있게.
신에게는 당신의 손 말고는
다른 손이 없으므로….

• • •

신에게 드리는 당신의 선물은 정직이다.
당신에게 주는 신의 선물은 진리다.

없음* 은 고요하다.
없음은 사랑으로 가득하다.
없음은 참된 당신이다.
없음은 반대되는 것이 없다.
없음은 시작도 없고 끝도 없다.
없음은 완벽하다.

· · ·

없음으로 가득하라.

· · ·

나는 생각한다.
그러므로 나는 존재하지 않는다.
나는 생각하지 않는다.
그러므로 나는 존재한다.

---

* Nothing. 여기에서 말하는 '없음'은 있지 않다는 뜻의 추상적인 관념이 아니라, 우리의 참된 자기를 가리키는 말이다. 꿈도 없는 깊은 잠을 잘 때는 우리에게 아무것도 존재하지 않듯이, 거기에는 어떤 개별적인 실체가 하나도 없으므로 '없음'이라고 한다. 공(空). 무(無).

선사를 찾아감

어느 학식 높은 사람이 먼 길을 여행하여
선사(禪師)를 찾아갔다.
"저는 멀리서 왔습니다." 그가 말했다.
"선사께 드릴 질문이 많습니다."
"무슨 소용 있겠습니까?"
선사가 대답했다. "그대의 마음은
지식과 견해, 믿음으로 가득 차 있어
제 대답이 들어갈 자리가 없습니다.
돌아가시는 것이 좋겠습니다.
지식을 내려놓으십시오.
견해와 믿음들을 버리고 명상을 하십시오.
마음이 완전히 비워지면
그때 다시 와서 질문하십시오."
그는 떠났고, 2년 동안
선사가 일러 준 대로 실천했다.

선사를 찾아감…

그는 날마다 명상을 했다.
그는 자신이 알던 모든 지식과
진실이라고 믿던 모든 믿음을
점차 내려놓았으며,
마침내 마음이 텅 비워졌다.
그는 다시 선사를 찾아갔다.
"저는 무심(無心)의 상태에 있습니다."
그가 기쁨에 넘쳐 말했다.
"이제 물어보십시오." 선사가 말했다.
"질문이 다 사라졌습니다.
제겐 질문이 없습니다." 그가 말했다.
"잘됐군요." 선사가 대답했다.
"제겐 답이 없으니."

▪ 저자에 관해

레너드 제이콥슨은 현대의 신비가이며 영적 지도자다. 그는 사람들이 하나임을 향해 나아가는 여행을 하도록 안내하고 돕는 데 깊이 헌신한다.

그는 1944년 호주 멜버른에서 태어났고, 멜버른 대학에서 공부했으며, 1969년에 법학 학위를 받고 졸업했다. 그는 1979년까지 변호사로 일했다. 그 뒤 영적 발견의 긴 여행을 떠났으며, 미국, 중동, 인도, 일본 등 여러 나라를 여행했다.

1981년에는 일련의 신비한 깨어남을 처음 경험했는데, 이 깨어남들은 삶, 진실, 실재에 관한 그의 인식을 깊이 바꾸었다. 이 깨어나는 경험들은 점점 더 깊은 의식 수준을 드러냈고, 그의 가르침과 글을 지혜와 명료함, 사랑, 자비로 채워 주었다.

그는 30년 이상 워크숍과 세미나를 열면서, 깨어남의 길을 걷는 사람들에게 영감과 안내를 제공하고 있다.

그는 캘리포니아 샌터 크루즈 근처에 살면서 저녁 가르침 모임, 주말 워크숍을 하고 있고, 미국, 유럽, 일본, 중국, 호주에서 더 긴 숙박 수련회를 열고 있다.

레너드 제이콥슨은 비영리 단체인 '의식하는 삶 재단'(Conscious Living Foundation)의 설립자다. 2005년에는 (어떤 종교에도 속하지 않지만) 국제 종교과학 협회(Religious Science International)에서 평화상을 받았다.

그의 가르침은 모든 종교와 영적 전통을 포함하며 넘어선다. 그 가르침은 진정으로 깨어나고 싶은 사람들을 위한 것이며, 자신이 사실은 깨어나고 싶어 한다는 것을 아직 깨닫지 못한 사람들을 위한 것이다.

그는 《고요한 현존》 외에도 4개의 책을 더 지었으며, 《현존 명상》, 《모든 것은 하나다》, 《지금 여기에 현존하라》, 그리고 어린이를 위한 그림책인 《빛을 찾아서(In Search of the Light)》가 있다.

그의 책들은 한국, 일본, 대만, 중국, 네덜란드, 덴마크, 폴란드, 리투아니아, 미국 등 여러 나라에서 출간되었다.

레너드 제이콥슨에 관해 더 많은 것을 알고 싶다면
www.leonardjacobson.com 을 참고하기 바란다.

옮긴이 김윤

서울대학교 경영학과를 졸업했다. 지금은 자유롭고 평화로운 삶으로 안내하는 글들을 우리말로 옮기고 소개하는 일을 하고 있다. 그동안 번역한 책으로는 《네 가지 질문》《기쁨의 천 가지 이름》《가장 깊은 받아들임》《아잔 차 스님의 오두막》《지금 여기에 현존하라》《고요한 현존》《현존 명상》《모든 것은 하나다》 등이 있고, 공역한 책으로는 《순수한 앎의 빛》《사랑에 대한 네 가지 질문》《직접적인 길》《요가 매트 위의 명상》 등이 있다.

고요한 현존

초판 1쇄 발행 2023년 7월 24일

지은이 레너드 제이콥슨
옮긴이 김윤

펴낸이 김윤
펴낸곳 침묵의 향기
출판등록 2000년 8월 30일. 제1-2836호
주소 10401 경기도 고양시 일산동구 무궁화로 8-28,
삼성메르헨하우스 913호
전화 031) 905-9425
팩스 031) 629-5429
전자우편 chimmukbooks@naver.com
블로그 http://blog.naver.com/chimmukbooks

ISBN 979-11-980553-8-5 03840

*책값은 뒤표지에 있습니다.